Le Livre de Poche Jeunesse

PINOCCHIO

Carlo Collodi

PINOCCHIO

Traduit de l'italien par Anna Ricci

1

Comment maître Cerise, menuisier, trouva un morceau de bois qui pleurait et riait comme un petit garçon.

Il était une fois...

— Un roi ! s'écrient aussitôt mes petits lecteurs.

— Non, les enfants, vous vous trompez. Il était une fois un morceau de bois.

Ce n'était pas un bois de luxe, mais une bûche ordinaire, comme celles qu'on met, en hiver, dans les poêles et les cheminées pour faire flamber le feu et réchauffer la maison.

Comment, je l'ignore, mais un beau jour, ce morceau de bois arriva dans l'atelier d'un vieux menuisier qui s'appelait maître Antonio, et que tout le monde surnommait maître Cerise, car le bout de son nez était luisant et rouge comme une cerise mûre.

À la vue de ce morceau de bois, maître Cerise devint tout joyeux : il marmonna en se frottant les mains de satisfaction :

— Ce morceau de bois tombe à pic ! Je vais en faire un pied de table.

Sitôt dit, sitôt fait : il prit sa hache affûtée pour en ôter l'écorce et le dégrossir. Comme il allait donner le premier coup, son bras resta suspendu en l'air, car il entendit une petite voix implorante qui disait :

— Ne me frappe pas trop fort !

Imaginez un peu la réaction du brave maître Cerise !

Il roula des yeux épouvantés tout autour de l'atelier, en cherchant d'où pouvait sortir cette petite voix, et il ne vit personne ! Il regarda sous l'établi : personne ; dans une armoire qui restait toujours fermée : personne ; dans la boîte de copeaux et de sciure : personne ; il ouvrit la porte de l'atelier pour jeter aussi un coup d'œil dans la rue : personne. Mais alors... ?

— Je comprends, dit-il en riant et en grattant sa perruque, c'est moi qui ai imaginé cette petite voix, c'est évident. Remettons-nous au travail.

Et, reprenant sa hache, il abattit un grand coup magistral sur le morceau de bois.

— Aïe ! Tu m'as fait mal ! se plaignit la même petite voix.

Cette fois, maître Cerise resta ébahi : les yeux exorbités de peur, la bouche grande ouverte, la langue pendante jusqu'au menton, on aurait dit un masque de carnaval.

Dès qu'il redevint capable de parler, il balbutia en tremblant de frayeur :

— Mais d'où est-elle sortie, cette petite voix qui a dit : « Aïe ! » ? Il n'y a pas âme qui vive, ici ! Est-ce que, par hasard, ce morceau de bois aurait appris à pleurer et à se lamenter comme un petit enfant ? Ou alors..., quelqu'un se serait caché dedans ? Si quelqu'un s'est caché dedans, tant pis pour lui ! Je vais lui montrer un peu, moi !

Et, en parlant ainsi, il empoigna le malheureux morceau de bois, et le cogna sans pitié contre les murs de la pièce.

Ensuite, il tendit l'oreille, pour voir si une petite voix se plaignait. Il attendit deux minutes : rien ; cinq minutes : rien : dix minutes : toujours rien !

— Je comprends, dit-il alors avec un rire forcé, en ébouriffant sa perruque. C'est moi qui l'ai imaginée, cette petite voix qui a dit : « Aïe ! » Remettons-nous au travail.

Et, comme une grande peur s'était emparée de lui, il essaya de fredonner pour se donner un peu de courage.

Ayant posé sa hache à l'écart, il prit son rabot pour dégrossir le morceau de bois. Mais, pendant qu'il passait et repassait son rabot, la même petite voix dit en riant :

— Arrête ! Tu me chatouilles partout !

Cette fois, le pauvre maître Cerise s'écroula, comme frappé par la foudre. Quand il rouvrit les yeux, il se retrouva assis par terre.

Son visage semblait halluciné. Quant au bout de son nez, rouge violacé d'habitude, la peur l'avait rendu tout bleu.

2

Maître Cerise offre le morceau de bois à son ami Geppetto, qui le prend pour fabriquer un pantin extraordinaire, qui sache danser, tirer l'épée et faire des sauts périlleux.

À ce moment-là, on frappa à la porte.

— Vous pouvez entrer, dit le menuisier, sans avoir la force de se remettre debout.

Alors, un petit vieux très alerte entra dans l'atelier. Il s'appelait Geppetto. Mais, pour le faire enrager, les enfants du voisinage le surnommaient Polenta, à cause de sa perruque jaune qui ressemblait à une platée de semoule de maïs.

Geppetto était très coléreux. Gare à qui l'appelait Polenta ! Il se fâchait tout rouge, et il n'y avait plus moyen de l'arrêter.

— Bonjour, maître Antonio ! dit Geppetto. Qu'est-ce que vous faites par terre ?

— J'apprends l'alphabet aux fourmis.

— Grand bien vous fasse !

— Qu'est-ce qui vous amène, compère Geppetto ?

— Mes jambes. Sachez, maître Antonio, que je suis venu vous demander une faveur.

— Me voici tout à votre service, répondit le menuisier en se relevant sur les genoux.

— Ce matin, une idée a jailli dans mon cerveau.

— Je vous écoute.

— J'ai pensé me fabriquer un beau pantin en bois. Mais attention, un pantin extraordinaire, qui sache danser, tirer l'épée et faire des sauts périlleux. Je veux courir le monde avec ce pantin, pour gagner mon quignon de pain et mon verre de vin. Qu'est-ce que vous en dites ?

— Bravo, Polenta ! cria la petite voix qui sortait on ne sait d'où.

En s'entendant appeler Polenta, Geppetto devint aussi rouge qu'un poivron. Se tournant vers le menuisier, il lui dit, fou de rage :

— Pourquoi m'insultez-vous ?

— Comment ça, je vous insulte ?

— Vous m'avez traité de Polenta !

— Ce n'est pas moi.

— Dites que c'est moi, pendant qu'on y cst ! Moi, je dis que c'est vous.

— Non !

— Si !

— Non !

— Si.

S'échauffant ainsi de plus en plus, des mots ils en vinrent aux mains, et, s'empoignant l'un l'autre, ils se griffèrent, se mordirent et se houspillèrent.

La bagarre terminée, maître Antonio se retrouva avec la perruque jaune de Geppetto dans les mains, et Geppetto s'aperçut qu'il avait entre les dents la perruque poivre et sel du menuisier.

— Rends-moi ma perruque ! cria maître Antonio.

— Et toi, rends-moi la mienne, et refaisons la paix.

Chacun ayant repris sa perruque, ils se serrèrent la main et jurèrent de rester bons amis toute la vie.

— Alors, compère Geppetto, dit le menuisier, quel service puis-je vous rendre ?

— Je voudrais un peu de bois pour fabriquer mon pantin. Vous en avez ?

Tout content, maître Antonio prit bien vite sur son établi le morceau de bois qui lui avait causé tant de frayeur. Mais, comme il le tendait à son ami, le bout de bois donna une forte secousse et, lui échappant des mains, alla cogner avec violence les tibias maigrichons du pauvre Geppetto.

— Ah, c'est comme ça que vous faites cadeau de votre bois, maître Antonio ? Bravo ! Vous m'avez à moitié estropié !

— Je vous jure que ce n'est pas moi !

— Donc, c'est moi !

— C'est entièrement la faute de ce morceau de bois...

— Ça, je sais ! Mais c'est vous qui me l'avez expédié dans les jambes !

— Je ne vous l'ai pas expédié !

— Menteur !

— Geppetto, ne m'insultez pas. Sinon, je vous appelle Polenta !

— Âne bâté !

— Polenta !

— Bourricot !

— Polenta !

— Face de singe !

Au troisième « Polenta », Geppetto vit rouge :

il se jeta sur le menuisier, et ils se flanquèrent une belle raclée.

À la fin de la bagarre, maître Antonio avait deux égratignures de plus sur le nez, et Geppetto, deux boutons de moins à son gilet. Ayant ainsi réglé leurs comptes, ils se serrèrent la main et jurèrent de rester bons amis toute la vie.

Geppetto prit son beau morceau de bois et, après avoir remercié maître Antonio, il rentra chez lui en boitant.

3

Rentré chez lui, Geppetto se met aussitôt à fabriquer son pantin et lui donne le nom de Pinocchio. Premières espiègleries du pantin.

La maison de Geppetto était une petite pièce sur rue, qui tirait sa lumière d'une soupente. Le mobilier était très simple : une chaise bancale, un lit pas très bon et une petite table tout abîmée. Sur le mur du fond, on voyait une cheminée avec un feu allumé. Mais le feu était peint ; et, au-dessus, une bouilloire, peinte aussi, bouillait joyeusement, en envoyant un nuage de fumée plus vrai que vrai.

À peine entré chez lui, Geppetto prit vite ses outils et commença à sculpter et à façonner son pantin.

« Quel nom vais-je lui donner ? murmura-t-il. Je vais l'appeler Pinocchio. C'est un nom qui lui portera chance ! J'ai connu toute une famille de Pinocchi : Pinocchio le père, Pinocchia la mère, et Pinocchi les enfants, et ils se la coulaient douce. Le plus riche était mendiant. »

Quand il eut trouvé le nom de son pantin, il se mit pour de bon au travail : il lui fit d'abord des cheveux, ensuite un front, et puis des yeux.

Imaginez sa stupeur quand il s'aperçut que ces yeux bougeaient, puis le fixaient. En voyant que ces yeux de bois l'observaient, Geppetto le prit de travers et dit d'un ton irrité :

— Vilains yeux en bois, pourquoi me regardez-vous ?

Nul ne répondit.

Alors, il fit le nez ; mais, aussitôt, le nez se mit à pousser : il s'allongea, s'allongea, s'allongea, et, en quelques minutes, devint un nez interminable.

Le pauvre Geppetto s'évertua à le raccourcir : mais, plus il sculptait et coupait, et plus ce nez insolent s'allongeait !

Après le nez, il sculpta la bouche.

Avant d'être finie, cette bouche se mit à rire et à se moquer de lui.

— Arrête de rire ! dit Geppetto, vexé.

Mais autant souffler dans un violon.

— Arrête de rire, je te dis ! tonna-t-il d'une voix menaçante.

Alors, la bouche cessa de rire. Mais elle tira tout grand la langue.

Pour être tranquille, Geppetto feignit de ne rien voir, et continua à travailler : il fit le menton, le cou, puis les épaules, le torse, les bras et les mains.

Les mains à peine finies, Geppetto sentit qu'on lui ôtait sa perruque jaune. Il se retourna, et que vit-il ? Sa perruque jaune dans les mains du pantin.

— Pinocchio ! Rends-moi ma perruque !

Au lieu de rendre la perruque, Pinocchio la mit sur sa tête, et faillit étouffer dessous.

À cette insolence comique, Geppetto devint triste et mélancolique, et il dit à Pinocchio :

— Coquin ! Tu n'es même pas fini, et déjà tu manques de respect à ton père ! Ah, c'est mal, mon fils, c'est mal !

Et il essuya une larme.

Il lui restait encore à faire les jambes et les pieds.

Les pieds finis, Geppetto reçut un coup de talon dans le nez.

— Je l'ai mérité ! dit-il. J'aurais dû réfléchir d'abord ! Maintenant, c'est trop tard !

Puis il saisit le pantin sous les aisselles, et le posa à terre pour le faire marcher.

Pinocchio avait les jambes engourdies et il ne savait pas bouger. Geppetto le mena par la main, pour lui apprendre à faire un pas après l'autre.

Quand il eut dérouillé ses jambes, Pinocchio commença à marcher tout seul, à courir à travers la pièce et, bientôt, ayant franchi le seuil de la maison, il bondit sur la route et détala.

Le pauvre Geppetto lui courut après sans arriver à le rattraper ! Car ce malin de Pinocchio bondissait comme un lièvre, en faisant claquer ses pieds en bois sur les pavés.

— Attrapez-le ! Attrapez-le ! hurlait Geppetto.

Mais, en voyant ce pantin en bois qui cavalcadait comme un cheval, les passants s'arrêtaient pour le regarder, comme ensorcelés, et riaient d'une manière inimaginable.

Enfin, par chance, un carabinier entendit tout ce tapage, et crut qu'un poulain avait faussé compagnie à son maître. Il se planta courageusement au beau milieu de la rue, jambes écartées, bien décidé à l'arrêter.

En apercevant de loin le carabinier qui lui barrait la route, Pinocchio tenta de passer entre ses jambes par surprise, mais ce fut un fiasco.

Sans bouger d'un poil, le carabinier l'attrapa bien comme il faut par le nez, et le remit à Geppetto ; pour le punir, celui-ci voulut lui tirer les oreilles. Imaginez sa tête quand il chercha les oreilles, et ne les trouva pas ! Savez-vous pourquoi ? Il avait été si pressé de le sculpter qu'il avait oublié de les faire.

Alors, il le saisit par le cou, et le ramena en hochant la tête d'un air mauvais.

— Nous rentrons immédiatement à la maison. Mais tu ne perds rien pour attendre, crois-moi ; une fois là-bas, nous réglerons nos comptes !

À cette menace, Pinocchio se jeta à terre et refusa d'avancer. Entre-temps, les curieux et les badauds commencèrent à s'attrouper tout autour.

— Pauvre pantin ! soupiraient les uns. Il a raison de ne pas vouloir rentrer ! Ce voyou de Geppetto est capable de lui flanquer une raclée !

Et les autres faisaient remarquer méchamment :

— Geppetto a l'air d'un homme de bien, mais c'est un véritable tyran ! Si on laisse ce pauvre pantin entre ses mains, il est capable de le réduire en miettes !

Bref, ils dirent tant et si bien que le carabinier libéra Pinocchio, et mena en prison le pauvre Geppetto. Celui-ci pleurait comme un veau, et, en route vers la prison, il bredouillait entre deux sanglots :

— Misérable fils ! Quand je pense au mal que je me suis donné pour en faire un pantin bien comme il faut ! Mais c'est ma faute ! J'aurais dû réfléchir d'abord !

Ce qui arriva ensuite est une histoire incroyable, et je vous la raconterai dans les autres chapitres.

4

L'aventure de Pinocchio avec le Grillon-qui-parle, où l'on voit que les méchants garçons n'aiment pas se faire corriger par qui en sait plus qu'eux.

Je vous dirai donc, les enfants, que, pendant que le pauvre Geppetto était mené en prison sans avoir commis de faute, cette petite canaille de Pinocchio courait à toutes jambes à travers champs pour arriver plus vite à la maison ; et, dans son ardeur à courir, il sautait de très hauts talus, des haies de ronces et des fossés pleins d'eau, comme un lièvre.

Arrivé devant la maison, il trouva la porte entrebâillée ; il la poussa, entra, et, une fois le verrou tiré, il s'affala par terre avec un soupir d'aise.

Mais sa joie fut de courte durée car il entendit :

— *Cri-cri-cri !*

— Qui m'appelle ? dit Pinocchio, mort de peur.

— Moi !

Pinocchio se retourna et vit un gros grillon qui grimpait lentement sur le mur.

— Mais qui es-tu, Grillon ?

— Je suis le Grillon-qui-parle, et j'habite ici depuis plus de cent ans.

— Maintenant, c'est chez moi, dit le pantin. Alors, fais-moi le plaisir de déguerpir.

— Je ne m'en irai pas avant de t'avoir dit une grande vérité, répondit le Grillon.

— Dis-la en vitesse.

— Malheur aux enfants qui se révoltent contre leurs parents et quittent la maison paternelle sur un coup de tête ! Il ne leur arrivera jamais rien de bon en ce monde ; et, tôt ou tard, il leur faudra s'en repentir amèrement.

— Chante, chante, mon Grillon. Mais, demain à l'aube, je m'en irai d'ici ; car, si je reste, on m'enverra à l'école, et je devrai étudier. Or, je te le dis en confidence, je n'ai pas du tout envie d'étudier. Je trouve bien plus amusant de courir après les papillons, grimper aux arbres et dénicher les oisillons.

— Pauvre imbécile ! Tu ne sais donc pas qu'en agissant ainsi, tu deviendras en grandissant le plus beau des ânes, et que tout le monde se moquera de toi ?

— Tais-toi, sale Grillon de malheur ! cria Pinocchio.

Mais le Grillon, qui était patient et philosophe, au lieu de se vexer de cette impertinence, continua sur le même ton :

— Si ça ne te plaît pas d'aller à l'école, pourquoi n'apprends-tu pas un métier, afin de gagner honnêtement ta vie ?

— Tu veux que je te dise ? répliqua Pinocchio en s'échauffant. De tous les métiers du monde, un seul me plaît vraiment : manger, boire, dormir, m'amuser, et mener du matin au soir la vie de vagabond.

— Sache, pour ta gouverne, lui dit le Grillon-qui-parle avec son calme habituel, que tous ceux qui font ce métier se retrouvent presque toujours à l'hôpital ou en prison.

— Attention, sale Grillon de malheur !... Si la colère me prend, gare à toi !

— Pauvre Pinocchio ! Vraiment, tu me fais pitié...

— Et pourquoi je te fais pitié ?

— Parce que tu es un pantin et, ce qui est pire que tout, tu as une tête en bois.

À ces derniers mots, Pinocchio bondit de rage et, prenant un maillet sur l'établi, il l'abattit sur le Grillon-qui-parle.

Il ne voulait sans doute pas le frapper pour de bon : mais, par malheur, il l'atteignit en plein sur la tête ; le pauvre Grillon eut juste assez de souffle pour lâcher un *cri-cri-cri*, puis il resta étendu raide mort, collé au mur.

5

Pinocchio a faim et cherche un œuf pour se faire une omelette ; mais, au moment le plus alléchant, l'omelette s'envole par la fenêtre.

Entre-temps, la nuit tomba, et Pinocchio, qui n'avait rien mangé, sentit un petit malaise à l'estomac qui ressemblait fort à de l'appétit.

Or, l'appétit des enfants grossit vite : au bout de quelques minutes, cet appétit se transforma en faim, qui devint une faim de loup, une faim à couper au couteau.

Le pauvre Pinocchio courut jusqu'à l'âtre, où

bouillait une marmite. Il voulut soulever le couvercle pour voir ce qu'il y avait dedans. Mais la marmite était peinte sur le mur. Vous imaginez sa mine !

Il courut alors de tous côtés, fouilla toutes les boîtes et tous les placards à la recherche d'un peu de pain rassis ou un croûton sec, un os rongé, un chouïa de polenta moisie, une arête de poisson, un noyau de cerise – bref, quelque chose à mâchouiller. Mais il ne trouva rien, rien de rien, le néant total.

Et pendant ce temps, la faim grandissait encore. Pour se soulager, le pauvre Pinocchio bâillait. Après avoir bâillé, il crachait, et il avait l'impression d'avoir l'estomac dans les talons.

En larmes, au désespoir, il dit alors :

— Le Grillon-qui-parle avait raison ! J'ai eu tort de me révolter contre mon papa et de m'enfuir... Si mon papa était là, je ne serais pas en train de bâiller à en mourir ! Ah, quelle sale maladie que la faim !

C'est alors qu'il crut voir dans le tas de balayures une chose ronde et blanche qui avait tout l'air d'un œuf de poule. Il fit un bond et s'en empara. C'était bien un œuf !

Croyant presque à une hallucination, il retourna

cet œuf entre ses mains, le toucha, l'embrassa, et, en l'embrassant, il dit :

— Maintenant, comment vais-je le cuire ? En omelette ? Non, au plat, c'est mieux ! Mais il serait encore plus savoureux si je le faisais frire à la poêle, non ? Ou alors, si je le préparais à la coque ? Non, le plus simple et le plus rapide, c'est de le cuire au plat ou dans le ramequin : j'ai trop envie de le manger !

Sitôt dit, sitôt fait : il posa un ramequin sur un brasero plein de braises chaudes ; dans le ramequin, au lieu d'huile ou de beurre, il mit un peu d'eau. Et quand cette eau commença à fumer, *tchac !* il cassa la coquille, et voulut jeter l'œuf dedans.

Mais au lieu du blanc et du jaune, ce fut un petit poussin tout joyeux qui s'en échappa, et dit avec une belle révérence :

— Mille mercis de m'avoir épargné la peine de rompre la coquille, monsieur Pinocchio ! Au revoir ! Portez-vous bien, et bonjour chez vous !

Sur ces mots, il s'envola par la fenêtre ouverte, s'éloigna à tire-d'aile et disparut.

Le pauvre pantin resta bouche bée, les yeux fixes, avec les morceaux de coquille à la main. Une fois revenu de sa stupeur, il se mit à pleurer, à crier, à trépigner de désespoir. Et, à travers ses pleurs, il disait :

— Le Grillon-qui-parle avait bien raison ! Si je ne m'étais pas enfui de la maison, et si mon papa était ici, je ne serais pas en train de crever de faim ! Ah, quelle sale maladie que la faim !

Comme son estomac continuait à réclamer de plus belle, il eut l'idée de rejoindre le village voisin, dans l'espoir d'y trouver une personne charitable qui lui donnerait un peu de pain.

6

Pinocchio s'endort les pieds sur le brasero, et il se réveille le lendemain matin avec les pieds brûlés.

Or, c'était une épouvantable nuit d'hiver. Le tonnerre grondait, des éclairs zébraient le ciel comme s'il était en feu, et un vent glacial, sifflant rageusement et soulevant un énorme nuage de poussière, faisait craquer et gémir les arbres de la campagne.

Pinocchio avait très peur du tonnerre et des éclairs. Pourtant, sa faim était plus forte que sa peur. Alors, il rabattit la porte de la maison et, partant au triple galop, en une centaine de foulées, il arriva au village, haletant comme un chien de chasse.

Mais tout était dans le noir, et tout était désert. Fermées, les boutiques ; closes, les portes des maisons ; verrouillées, les fenêtres ; et pas un chat dehors. Un vrai cimetière.

Alors, poussé par le désespoir et la faim, Pinocchio se pendit à la sonnette d'une maison et sonna sans arrêt, en se disant :

— Quelqu'un finira bien par se montrer...

De fait, un petit vieux en bonnet de nuit apparut à la fenêtre, et il cria avec une grosse colère :

— Qu'est-ce que vous voulez, à une heure pareille ?

— Auriez-vous la gentillesse de me donner un peu de pain ?

— Attends-moi là, je reviens tout de suite, répondit le petit vieux, croyant avoir affaire à un de ces gamins téméraires qui s'amusent à déranger les braves gens qui dorment tranquillement.

Après un court instant, la fenêtre se rouvrit, et le même petit vieux cria à Pinocchio :

— Avance-toi, et tends ton chapeau.

Pinocchio enleva bien vite son petit bonnet ; mais, au moment où il le tendait, une énorme cuvette d'eau se déversa sur lui et l'arrosa de la tête aux pieds comme un pot de géraniums flétris.

Il rentra chez lui trempé comme une soupe, épuisé par la fatigue et la faim, et s'assit en posant ses pieds ruisselants et crottés sur un réchaud plein de braises.

Puis, il s'endormit. Pendant qu'il dormait, ses pieds en bois prirent feu ; et, peu à peu, ils se carbonisèrent et se réduisirent en cendres.

Pinocchio continua à dormir et à ronfler comme si ses pieds ne lui appartenaient pas. Enfin, au point du jour, un coup à la porte le réveilla.

— Qui est-ce ? demanda-t-il en bâillant et en se frottant les yeux.

— C'est moi, répondit une voix.

C'était la voix de Geppetto.

7

Geppetto rentre à la maison, veut refaire les pieds du pantin, et lui donne le repas que ce pauvre homme avait prévu pour lui-même.

Le pauvre Pinocchio, toujours ensommeillé, ne s'était pas encore aperçu que ses pieds avaient brûlé. Dès qu'il entendit son père, il bondit de son tabouret pour courir tirer le verrou. Mais, après avoir chancelé deux ou trois fois, il s'écroula à terre de tout son long.

En tombant, il fit autant de boucan qu'un sac de louches dégringolant cinq étages.

— Ouvre ! criait Geppetto, dehors.

— Je ne peux pas, mon papa ! répondit le pantin en pleurant et en se roulant par terre.

— Pourquoi ne peux-tu pas ?

— Parce qu'on m'a mangé les pieds.

— Et qui te les a mangés ?

— Le chat, dit Pinocchio en voyant le chat qui s'amusait à faire valser des copeaux de bois entre ses pattes de devant.

— Tu vas ouvrir, oui ! répéta Geppetto. Sinon, je vais t'en donner, du chat à neuf queues[1] !

— Je ne peux pas tenir debout, je vous supplie de me croire ! Quel malheur ! Je serai obligé de me traîner sur les genoux toute ma vie !

Geppetto crut que ces jérémiades étaient une nouvelle farce du pantin ; il voulut en finir et, escaladant le mur, il entra par la fenêtre.

Ah, il en avait long à dire et à faire ! Mais quand il vit son Pinocchio à terre et privé de pieds, il s'émut. Il l'embrassa, lui fit mille caresses et mille cajoleries, et, de grosses larmes roulant sur ses joues, il lui dit :

— Mon petit Pinocchio ! Comment as-tu pu te brûler les pieds ?

---

1. L'auteur fait ici référence au fouet qui porte ce nom. *(N.d.T.)*

— Je ne sais pas, papa, mais c'était une nuit infernale, croyez-moi. Je m'en souviendrai jusqu'à la fin de ma vie ! Il y avait du tonnerre, des éclairs, et j'avais très faim, et alors, le Grillon-qui-parle m'a dit : « Bien fait pour toi. Tu as été méchant, tu ne l'as pas volé ! » Et moi je lui ai dit : « Gare à toi, Grillon ! », et alors, il m'a dit : « Tu es une marionnette, tu as une tête de bois », et moi, je lui ai flanqué un coup de marteau, et puis il est mort. Mais c'est sa faute. Je ne voulais pas le tuer, moi ! La preuve, j'ai mis un ramequin sur les braises rouges du brasero, mais après, le poussin s'est échappé en me disant : « Adieu, et bien le bonjour chez toi ! » et après, j'avais encore plus faim. C'est pour ça que le petit vieux en bonnet de nuit m'a dit en mettant la tête à la fenêtre : « Avance-toi et tends ton chapeau », et moi, vlan ! j'ai reçu une bassine d'eau sur la tête. Parce que ce n'est pas une honte de demander un peu de pain, pas vrai ? Je suis rentré tout de suite à la maison, et comme j'avais toujours très faim, j'ai mis mes pieds sur le brasero pour me sécher, et vous êtes revenu, et j'ai vu qu'ils étaient brûlés, et en attendant, moi, j'ai toujours faim, et je n'ai plus de pieds. Bouh ! bouh ! bouh !

Le pauvre Pinocchio se mit à pleurer et à brailler si fort qu'on l'entendait à cinq kilomètres à la ronde.

Dans ce discours tout embrouillé, Geppetto n'avait compris qu'une chose : que le pantin mourait de faim. Il tira de sa poche trois poires, et il les lui tendit en disant :

— Ces trois poires étaient mon déjeuner, mais je te les donne de bon cœur. Profites-en.

— Si vous voulez que je les mange, soyez gentil de me les éplucher.

— Te les éplucher ? répondit Geppetto, ahuri. Je n'aurais jamais cru que tu ferais la fine bouche et que tu avais le palais si délicat, mon fils. En ce bas monde, il faut s'habituer à manger de tout, car on ne sait jamais ce qui peut arriver. On en voit de toutes les couleurs !

— C'est bien joli, ce que vous dites, reprit Pinocchio, mais je ne mangerai jamais un fruit avec la peau. Je déteste ça.

Alors, ce brave Geppetto sortit un petit couteau et, s'armant de patience, il pela les trois poires ; puis il mit les épluchures sur un coin de la table.

Pinocchio ne fit qu'une bouchée de la première poire, et voulut jeter le trognon. Mais Geppetto le retint par le bras :

— Ne le jette pas : tout peut être utile en ce bas monde.

— Ah, mais je ne mange pas le trognon, ça non ! cria le pantin, s'en prenant à lui avec la vivacité d'une vipère.

— Qui sait ? On en voit de toutes les couleurs ! répéta calmement Geppetto.

Toujours est-il que les trois trognons allèrent rejoindre les épluchures sur le coin de la table.

Les trois poires mangées, ou plutôt, dévorées, Pinocchio émit un long bâillement et pleurnicha :

— J'ai encore une de ces faims !

— Mais, mon enfant, je n'ai plus rien à te donner.

— Vraiment rien de rien ?

— Je n'ai que ces épluchures et ces trognons de poire.

— Bon, tant pis ! dit Pinocchio. Je mangerai une épluchure, puisqu'il n'y a rien d'autre.

Et il se mit à mâchonner. D'abord, il fit un peu la grimace ; puis il fit disparaître en un clin d'œil les épluchures et les trognons. Quand il eut tout mangé, il se tapota le ventre de satisfaction, et jubila :

— Là oui, je me sens bien !

— Tu vois ! J'avais raison quand je te disais

qu'il ne sert à rien de pinailler et d'avoir le bec trop fin, observa Geppetto. Mon cher, on ne sait jamais ce qui peut arriver en ce bas monde. On en voit de toutes les couleurs !!!

8

Geppetto refait des pieds à Pinocchio et vend son manteau pour lui acheter un abécédaire.

À peine délivré de sa faim, le pantin se mit illico à rouspéter et à gémir, car il voulait une paire de pieds neufs.

Mais, pour le punir de son tour de pendard, Geppetto le laissa se lamenter et se désespérer pendant une demi-journée. Puis il lui dit :

— Pourquoi devrais-je te refaire des pieds ? Pour que tu t'enfuies encore de la maison, peut-être ?

— Je vous jure, sanglota le pantin, qu'à partir d'aujourd'hui, je serai sage...

— Tous les enfants disent ça quand ils veulent quelque chose, riposta Geppetto.

— Je vous promets d'aller à l'école, de bien apprendre et d'être le meilleur...

— Quand les enfants veulent quelque chose, c'est toujours la même rengaine.

Geppetto avait beau prendre l'air sévère, il avait les larmes aux yeux et le cœur gros en voyant l'état pitoyable de son pauvre Pinocchio. En silence, il prit ses outils, deux petits morceaux de bois sec, et se mit au travail avec application.

En moins d'une heure, les pieds furent fin prêts : deux petits pieds déliés, secs et nerveux, qui semblaient modelés par un artiste de génie.

Avec un peu de colle diluée dans une coquille d'œuf, Geppetto colla les deux pieds à leur place, et tellement bien qu'on ne vit pas le raccord.

Dès que le pantin réalisa qu'il avait des pieds, il sauta de la table où il était couché, et se mit à faire mille pirouettes, fou de joie.

— Je veux vous récompenser de ce que vous avez fait pour moi, dit Pinocchio à son père, et aller tout de suite à l'école.

— Brave petit !

— Mais, pour aller à l'école, j'ai besoin de vêtements.

Geppetto, qui était pauvre et n'avait pas un sou en poche, lui confectionna alors un petit costume en papier peint, des chaussures en écorce d'arbre et un petit bonnet en mie de pain.

Pinocchio courut aussitôt s'admirer dans une cuvette d'eau et, très fier, déclara en se pavanant :

— J'ai l'air d'un monsieur !

— Je pense bien, répondit Geppetto.

— Au fait, reprit le pantin, il me manque autre chose, pour aller à l'école : il me manque même l'essentiel.

— Quoi ?

— L'abécédaire.

— Tu as raison. Mais comment s'en procurer un ?

— C'est très facile. On entre dans une librairie, et on l'achète.

— Et les sous pour payer ?

— Moi, je n'en ai pas.

— Et moi non plus, enchaîna le brave Geppetto, tout attristé.

Alors, Pinocchio, qui était pourtant très gai, devint triste lui aussi : car la misère, la vraie, tout le monde comprend ce que c'est. Même les enfants.

— Attends une minute ! cria tout à coup Geppetto en se levant.

Il enfila son vieux manteau tout reprisé et rapiécé, et partit en courant.

À son retour, il tenait à la main l'abécédaire pour son fils, mais il n'avait plus de manteau. Le pauvre était en bras de chemise, et dehors, il neigeait.

— Et votre manteau, papa ?

— Je l'ai vendu.

— Pourquoi l'avez-vous vendu ?

— Parce qu'il me tenait trop chaud.

Pinocchio comprit aussitôt cette réponse, et n'écoutant que son cœur, il sauta au cou de Geppetto et lui mangea le visage de baisers.

9

Pinocchio vend l'abécédaire pour aller au théâtre des marionnettes.

Dès qu'il cessa de neiger, Pinocchio, son bel abécédaire sous le bras, prit la route de l'école. En marchant, il rêvassait, formant dans sa petite tête un tas de beaux projets et de châteaux en Espagne, tous plus grandioses les uns que les autres.

Il se disait :

— Aujourd'hui, à l'école, je vais vite apprendre à lire ; demain, à écrire, et après demain, à compter. Je serai si instruit que je gagnerai plein d'argent, et, dès que j'aurai des sous, j'offrirai à mon papa un beau manteau en drap de laine. Mais qu'est-ce que je dis, en drap ? Il sera tissé d'or et d'argent, avec des boutons en diamant. Il le mérite bien, le pauvre ! Pour m'acheter mes livres et me faire instruire, il se retrouve en bras de chemise... avec le froid qu'il fait !

Pendant que, très ému, il se parlait ainsi, il crut entendre au loin un son de fifres et des coups de grosse caisse : *fui-fui-fui-fui, badaboum boum-boum.*

La musique venait d'une longue route de traverse qui menait à un petit village en bord de mer.

— C'est quoi, cette musique ? Dommage que je doive aller à l'école, sinon...

Il s'arrêta, hésitant. Il fallait prendre une décision : aller en classe, ou écouter les fifres.

— Aujourd'hui, je vais écouter les fifres. Pour l'école, ça ne presse pas, dit finalement ce coquin.

Il prit donc la route de traverse en courant à toutes jambes. Plus il courait, plus le son des fifres et les coups sourds de la grosse caisse se rapprochaient : *fiu-fiu-fiu, fiu-fiu-fiu, fiu-fiu-fiu, boum-boum badaboum.*

Et voici qu'il se retrouva tout à coup au milieu d'une place, où une foule de gens se pressaient autour d'une grande baraque en bois et en toile aux mille couleurs.

— C'est quoi, cette baraque ? demanda Pinocchio à un petit garçon du village.

— T'as qu'à lire la pancarte, c'est marqué dessus.

— Je veux bien lire, mais aujourd'hui, je ne sais pas encore le faire.

— Triple idiot ! Bon, je vais te la lire. Il est écrit sur cette pancarte en grosses lettres rouge feu : *grand théâtre de marionnettes.*

— Le spectacle a déjà commencé ?

— Il commence maintenant.

— Et il faut mettre combien, pour entrer ?

— Quatre sous.

Pinocchio, saisi par la curiosité, perdit toute retenue ; sans la moindre honte, il demanda :

— Tu me prêtes quatre sous jusqu'à demain ?

— Je veux bien te les prêter, répondit le petit garçon en le singeant pour se payer sa tête, mais aujourd'hui, je ne peux pas le faire.

— Pour quatre sous, je te vends ma veste, lui dit alors le pantin.

— Qu'est-ce que j'en ai à faire d'une veste en papier peint ? S'il pleut, je ne pourrai plus la décoller.

— Tu m'achètes mes chaussures, alors ?

— Elles sont tout juste bonnes à allumer le feu.

— Et mon bonnet, tu m'en donnes combien ?

— Tu parles d'une acquisition ! Un bonnet en mie de pain ! Pour que les rats viennent me le grignoter sur la tête !

Pinocchio mourait d'envie de faire une dernière proposition, mais il n'en trouvait pas le courage. Ça le démangeait tellement qu'il finit par dire :

— Tu me donnes quatre sous pour cet abécédaire tout neuf ?

— Je suis un enfant, et je n'achète rien aux autres enfants, lui répondit le petit garçon, qui avait plus de jugeote que lui.

— Pour quatre sous, je le prends, moi, cet abécédaire ! cria un chiffonnier qui avait suivi la conversation.

Et le livre fut vendu sur-le-champ. Dire que le pauvre Geppetto était à la maison, à grelotter en bras de chemise, pour avoir acheté un abécédaire à son fils !

10

Les marionnettes reconnaissent leur frère Pinocchio et lui font grand fête ; mais survient le montreur de marionnettes Mangefeu, et Pinocchio est en danger de mort.

Quand Pinocchio entra dans le théâtre de marionnettes, il se produisit une sorte de révolution.

Sachez d'abord que le rideau était tiré, et la représentation commencée.

En scène, Arlequin et Polichinelle se disputaient : comme d'habitude, ils menaçaient de s'expédier une bonne volée de gifles et de coups de bâton.

Le public se tordait de rire en suivant la dispute des deux marionnettes : elles gesticulaient et s'envoyaient des insultes avec tant de vérité ! Comme deux véritables personnes de notre monde.

Tout à coup, allez savoir pourquoi, Arlequin s'arrêta de jouer et, se tournant vers le public pour désigner quelqu'un au fond de la salle, il se mit à déclamer :

— Par les dieux du firmament ! Suis-je en train de rêver ? C'est Pinocchio, pourtant, que je vois là-bas !

— Oui, c'est Pinocchio ! cria Polichinelle.

— C'est Pinocchio ! hurlèrent en chœur toutes les marionnettes en surgissant des coulisses. C'est notre frère Pinocchio ! Vive Pinocchio !

— Pinocchio, monte, viens près de moi ! cria Arlequin. Viens te jeter dans les bras de tes frères en bois !

À cette invitation affectueuse, Pinocchio s'élança et, du parterre, bondit dans les premières. De là, il sauta sur la tête du chef d'orchestre, et puis sur la scène.

Il est impossible d'imaginer les embrassades, les étreintes, les tapes amicales et les saluts fraternels que, dans le chaos général, Pinocchio échangea avec les acteurs et les actrices de la compagnie.

C'était émouvant, il n'y a pas à dire. Mais le public s'impatienta et se mit à crier :

— La comédie ! Nous voulons la comédie !

Autant souffler dans un violon ! Car les marionnettes, au lieu de reprendre le spectacle, redoublèrent leur vacarme et leurs cris et, soulevant Pinocchio sur leurs épaules, elles le portèrent en triomphe sous les feux de la rampe.

Alors, survint le montreur de marionnettes. C'était un géant laid à faire peur, avec une vilaine barbe noire, si longue qu'elle descendait jusqu'à terre. Sa bouche était vaste comme un four, ses yeux pareils à deux lanternes rouges allumées ; et il faisait claquer un énorme fouet, fait de serpents et de queues de renard entortillées ensemble.

À cette apparition, plus personne ne souffla mot. On aurait entendu voler une mouche. Les pauvres marionnettes tremblaient comme des feuilles.

— Pourquoi es-tu venu semer la pagaille dans mon théâtre ? demanda le montreur de marionnettes à Pinocchio, d'une grosse voix de croquemitaine.

— Je vous prie de croire, illustre seigneur, que ce n'est pas ma faute !

— Ça suffit comme ça ! Ce soir, nous réglerons nos comptes.

En effet, à la fin de la comédie, le montreur de marionnettes alla dans la cuisine, où il avait mis à rôtir pour son dîner un superbe mouton, qui tournait lentement, enfilé sur une broche. Comme il n'avait plus assez de bois pour achever de le cuire, il appela Arlequin et Polichinelle, et leur dit :

— Amenez-moi ce pantin. Il m'a l'air d'être en bois bien sec. Je suis sûr que, si je le jette dans le feu, j'aurai une belle flambée pour mon rôti.

D'abord, Arlequin et Polichinelle hésitèrent ; mais, effrayés par le regard mauvais de leur patron, ils obéirent. Ils ne tardèrent pas à revenir, tenant dans leurs bras le pauvre Pinocchio. Celui-ci se débattait comme une anguille sortie de l'eau, et criait avec désespoir :

— Mon papa, sauve-moi ! Je ne veux pas mourir ! Je ne veux pas mourir !

11

Mangefeu éternue et pardonne à Pinocchio, qui sauve ensuite de la mort son ami Arlequin.

Le montreur de marionnettes Mangefeu était un homme effrayant, je ne le nie pas, surtout avec cette horrible barbe noire qui lui couvrait entièrement le torse et les jambes. Mais au fond, ce n'était pas un méchant homme. La preuve, c'est qu'en voyant le pauvre Pinocchio qui se débattait comme un beau diable en hurlant : « Je ne veux pas mourir, je ne veux pas mourir ! », il s'émut tout de suite et le prit en pitié. Après avoir résisté un bon moment, il finit par n'y plus tenir, et lâcha un éternuement sonorissime.

En l'entendant, Arlequin, qui était triste comme un saule pleureur, reprit une mine toute joyeuse. Il se pencha vers Pinocchio, et lui murmura :

— Bonne nouvelle, mon frère ! Le patron a éternué, et c'est le signe qu'il t'a pris en pitié. Te voilà tiré d'affaire.

Car il faut savoir que les hommes pleurent quand ils ont pitié de quelqu'un, ou en tout cas, qu'ils font semblant de se tamponner les yeux. Mangefeu, lui, avait la manie d'éternuer quand il était vraiment attendri. C'était sa manière de faire savoir qu'il avait le cœur sensible.

Après avoir éternué, le montreur de marionnettes, continuant à faire le bourru, cria à Pinocchio :

— Tu vas arrêter de pleurer, à la fin ! Tes lamentations m'ont donné des aigreurs d'estomac. J'ai comme une crampe qui... Atchoum ! Atchoum !

— À vos souhaits, dit Pinocchio.

— Merci. Dis-moi, ton papa et ta maman sont toujours vivants ?

— Papa, oui. Je n'ai jamais connu ma maman.

— Ton père serait sans doute bien malheureux, si je te faisais jeter dans ces charbons ardents ! Pauvre vieux ! J'ai pitié de lui ! Atchoum ! Atchoum !

— À vos souhaits ! dit Pinocchio.

— Merci ! Il faut avoir pitié de moi aussi, d'ailleurs : comme tu le vois, je n'ai plus assez de bois pour rôtir mon mouton et, pour être franc, tu m'aurais rendu un grand service ! Mais, puisque je me suis apitoyé, à ta place, je ferai brûler une marionnette de ma troupe. Ohé, gendarmes !

À ce commandement, deux gendarmes en bois se présentèrent, très longs et très secs, coiffés d'un bicorne, une épée à la main.

Le montreur de marionnettes leur dit d'une voix caverneuse :

— Attrapez-moi Arlequin, ligotez-le, et jetez-le dans le feu !

Vous imaginez le pauvre Arlequin ! Il fut si épouvanté que ses jambes se dérobèrent sous lui et qu'il s'étala à plat ventre.

À la vue de ce déchirant spectacle, Pinocchio se jeta aux pieds du montreur de marionnettes, et, sanglotant, inondant de larmes les poils de son immense barbe, il implora :

— Pitié, monsieur Mangefeu !

— Il n'y a pas de « monsieur » ici ! répondit durement le montreur de marionnettes.

— Pitié, seigneur Chevalier !

— Il n'y a pas de chevalier ici !

— Pitié, Votre Excellence !

En s'entendant appeler « Votre Excellence », le montreur de marionnettes en resta la bouche en cœur ; et, soudain devenu plus humain et plus accommodant, il dit à Pinocchio :

— Soit, que veux-tu de moi ?

— Je te demande grâce pour le pauvre Arlequin !

— Il n'y a pas de grâce qui tienne. Puisque je t'ai épargné, il faut que je le fasse jeter au feu, si je veux que mon mouton soit rôti à point.

— Alors, cria fièrement Pinocchio, je connais mon devoir ! Venez, messieurs les gendarmes ! Ligotez-moi et jetez moi dans ces flammes. Il n'est pas juste que mon pauvre ami Arlequin meure à ma place !

Ces mots, prononcés d'une voix haute et d'un ton héroïque, firent fondre en larmes toutes les marionnettes qui assistaient à la scène. Même les gendarmes pleuraient comme des veaux.

Au début, Mangefeu resta aussi dur qu'un bloc de glace. Mais, peu à peu, il commença à s'émouvoir. Ayant éternué quatre ou cinq fois, il ouvrit affectueusement les bras et dit à Pinocchio :

— Tu en as du courage, mon garçon ! Viens ici, et embrasse-moi.

Pinocchio courut à lui aussitôt et, grimpant comme un écureuil à la barbe du montreur de marionnettes, il planta un baiser sur le bout de son nez.

— Alors, comme ça, la grâce est accordée ? demanda le pauvre Arlequin d'une voix toute faiblichonne.

— La grâce est accordée ! répondit Mangefeu.

Puis il ajouta en soupirant et en hochant la tête :

— Tant pis ! Ce soir, je me résigne à manger mon mouton à moitié cru. Mais la prochaine fois, gare à celui sur qui ça tombera !

À la nouvelle de la grâce obtenue, toutes les marionnettes coururent sur la scène et, allumant les lampes et les lustres comme pour une soirée de gala, elles se mirent à sauter et à danser. À l'aube, elles dansaient encore.

12

Le montreur de marionnettes Mangefeu fait cadeau de cinq pièces d'or à Pinocchio pour qu'il les apporte à son papa Geppetto ; mais Pinocchio se laisse duper par le Renard et le Chat, et va avec eux.

Le jour suivant, Mangefeu prit à part Pinocchio et lui demanda :

— Comment s'appelle ton père ?

— Geppetto.

— Et quel métier fait-il ?

— Le métier de pauvre.

— Il gagne beaucoup d'argent ?

— Il gagne de quoi n'avoir jamais un centime en poche. Rendez-vous compte que, pour m'acheter un abécédaire, il a dû vendre son seul manteau : un manteau tout rapiécé et reprisé, une vraie loque.

— Le pauvre diable ! Il me fait presque pitié. Tiens, voici cinq pièces d'or. Apporte-les-lui bien vite, et salue-le de ma part.

Comme on l'imagine sans peine, Pinocchio remercia mille fois le montreur de marionnettes. Il embrassa les marionnettes de la compagnie, même les gendarmes. Et, fou de joie, il se mit en route pour rentrer chez lui.

Mais à peine avait-il parcouru un demi-kilomètre qu'il rencontra un Renard boiteux d'un seul pied et un Chat aveugle des deux yeux, qui allaient leur chemin en s'aidant l'un l'autre. Le Renard boiteux marchait en prenant appui sur le Chat ; et le Chat aveugle se laissait guider par le Renard.

— Bonjour, Pinocchio, dit le Renard, en le saluant aimablement.

— Comment se fait-il que tu saches mon nom ? demanda le pantin.

— Je connais bien ton père.

— Quand l'as-tu vu ?

— Je l'ai vu hier sur le pas de sa porte.

— Et que faisait-il ?

— Il était en bras de chemise et il tremblait de froid.

— Pauvre papa ! Mais, si Dieu le veut, à partir d'aujourd'hui, il ne grelottera plus !

— Pourquoi ?

— Parce que je suis devenu un beau monsieur.

— Toi, un beau monsieur ? s'écria le Renard.

Et il éclata d'un gros rire vulgaire et moqueur. Le Chat rit lui aussi ; mais, pour s'en cacher, il se lissa les moustaches avec ses pattes de devant.

— Il n'y a pas de quoi rire ! cria Pinocchio, vexé. Désolé de vous mettre l'eau à la bouche, mais j'ai là cinq très belles pièces d'or.

Et il montra les pièces que Mangefeu lui avait offertes.

Au tintement alléchant de ces pièces, le Renard allongea sa jambe prétendument engourdie, et le Chat ouvrit tout grand ses yeux, qui semblaient deux lanternes vertes. Mais il les referma bien vite, et Pinocchio ne s'aperçut de rien.

— Que veux-tu faire de ces pièces ? lui demanda le Renard.

— D'abord, je veux acheter pour mon papa un beau manteau neuf, tissé d'or et d'argent, avec des boutons en diamant ; et puis je veux m'acheter un abécédaire.

— Pour toi ?

— Mais oui : je veux aller à l'école, et étudier comme il faut.

— Tel que tu me vois, dit le Renard, c'est à cause de ma stupide passion pour les études que j'ai perdu une jambe.

— Tel que tu me vois, dit le Chat, c'est à cause de ma stupide passion pour les études que j'ai perdu la vue des deux yeux.

À ce moment-là, un merle blanc, juché sur la haie de la route, poussa son sifflement habituel et dit :

— Pinocchio, n'écoute pas les conseils de tes mauvais compagnons, ou tu le regretteras !

Pauvre Merle, il aurait mieux fait de se taire ! Le Chat se jeta sur lui : sans même lui laisser le temps de dire ouf ! il l'engloutit d'une seule bouchée, avec ses plumes et le reste.

Après s'être pourléché les babines, il ferma les yeux comme avant, et recommença à faire l'aveugle.

— Pauvre Merle ! dit Pinocchio au Chat. Pourquoi l'as-tu traité si mal ?

— Pour lui donner une leçon. Ça lui apprendra à ne pas se mêler de la conversation des autres, la prochaine fois.

Ils avaient fait plus de la moitié du chemin

lorsque le Renard, s'arrêtant brusquement, dit au pantin :

— Veux-tu doubler tes pièces d'or ?

— C'est-à-dire ?

— Est-ce que tu veux que tes cinq malheureux ducats d'or en donnent cent, mille, deux mille ?

— Je ne demande pas mieux ! Par quel moyen ?

— Un moyen très facile. Il te suffit de venir avec nous.

— Et où voulez-vous m'emmener ?

— Au Pays des Nigauds.

Pinocchio réfléchit un peu, puis il dit avec détermination :

— Non, je ne veux pas y aller. Je suis tout près de chez moi, et c'est là que j'irai : mon papa m'attend. Il a dû être bien désespéré, hier, le pauvre, en ne me voyant pas rentrer. Hélas ! j'ai été un mauvais fils.

— Donc, dit le Renard, tu veux vraiment rentrer chez toi ? Eh bien, vas-y, et tant pis pour toi.

— Tant pis pour toi ! répéta le Chat.

— Réfléchis bien, Pinocchio. Tu tournes le dos à la chance.

— À la chance ! répéta le Chat.

— Du soir au lendemain, tes cinq ducats seraient devenus deux mille.

— Deux mille ! répéta le Chat.

— Mais comment peuvent-ils se multiplier tant que ça ? demanda Pinocchio, bouche bée.

— Je te l'explique tout de suite, dit le Renard. Sache que, dans le Pays des Nigauds, il y a un champ béni qu'on appelle le Champ des Miracles. Tu fais un petit trou dans ce champ, et tu mets dedans, disons, un ducat d'or. Et puis tu recouvres le trou avec un peu de terre ; tu l'arroses avec deux seaux d'eau claire, tu jettes dessus une pincée de sel et, le soir, tu vas tranquillement au lit. Pendant la nuit, le ducat germe et s'épanouit, et, le lendemain matin, quand tu retournes au champ, qu'est-ce que tu trouves ? Un bel arbre couvert de ducats d'or.

— Bon, alors, dit Pinocchio, si j'enterrais dans ce champ mes cinq ducats, le lendemain matin, j'en trouverais combien ?

— Il est très facile de faire le compte, répondit le Renard, tu n'as qu'à te servir de tes doigts. Mettons qu'un ducat te donne une grappe de cinq cents ducats : multiplie ces cinq cents par cinq, et le lendemain, tu as en poche deux mille cinq cents ducats sonnants et trébuchants.

— Oh, que c'est beau ! cria Pinocchio en dansant de joie. Dès que j'aurai récolté ces ducats, j'en garderai deux mille, et les cinq cents qui restent, je vous en ferai cadeau à tous les deux.

— Un cadeau pour nous ? s'écria le Renard, prenant l'air offensé. Dieu t'en préserve !

— T'en préserve ! répéta le Chat.

— Nous ne travaillons pas par vil intérêt, reprit le Renard. Nous travaillons pour enrichir les autres.

— Les autres ! répéta le Chat.

— Quelles braves gens ! pensa Pinocchio.

Et, oubliant là son père, le manteau neuf, l'abécédaire et toutes ses bonnes résolutions, il dit au Renard et au Chat :

— Partons tout de suite. Je vous suis.

13

L'auberge du Homard rouge.

Marche, marche, et marche, le soir tombant, ils arrivèrent, morts de fatigue, à l'auberge du Homard rouge.

— Faisons une halte ici, dit le Renard, histoire de manger un morceau et de nous reposer un peu. À minuit, nous repartirons.

Une fois dans l'auberge, ils s'attablèrent : mais ils manquaient tous les trois d'appétit.

Le pauvre Chat, qui avait très mal à l'estomac, ne put avaler que trente-cinq rougets à la sauce tomate, et quatre portions de tripes *alla parmi-*

giana ; et, comme les tripes ne lui paraissaient pas assez goûteuses, il réclama à trois reprises du beurre et du fromage râpé !

Le Renard aussi aurait volontiers cassé la croûte ; mais le docteur lui avait prescrit une diète radicale, alors, il dut se contenter d'un lièvre à l'aigre-doux avec une très légère garniture de poulets gras et de jeunes coquelets. Après le lièvre, il se fit servir, en guise de mise en bouche, un civet de perdrix, de cailles, de lapins, de grenouilles, de lézards et de raisin. Et puis il ne voulut rien de plus. Il était écœuré par la nourriture, dit-il.

Ce fut Pinocchio qui mangea le moins. Il demanda un cerneau de noix et un quignon de pain, qu'il laissa dans son assiette. Le pauvre, obsédé par le Champ des Miracles, avait par avance une indigestion de pièces d'or.

Quand ils eurent soupé, le Renard dit à l'aubergiste :

— Donnez-nous deux bonnes chambres : une pour M. Pinocchio, et l'autre pour moi et mon camarade. Nous allons faire un petit somme avant de repartir. Mais n'oubliez pas que nous voulons être réveillés à minuit afin de poursuivre notre voyage.

— Oui, messeigneurs, répondit l'aubergiste.

Et il fit un clin d'œil au Renard et au Chat, comme pour dire : « Je vois clair dans votre jeu, et nous sommes de mèche ! »

Dès que Pinocchio fut au lit, il s'endormit et commença à rêver. Dans son rêve, il se voyait au milieu d'un champ, et ce champ était plein d'arbustes couverts de ducats d'or qui, balancés par le vent, faisaient *gling*, *gling*, *gling*, comme pour dire : « Nous prenne qui veut. » Mais, alors que Pinocchio allongeait le bras pour ramasser à pleines poignées ces belles pièces, il fut réveillé en sursaut par trois grands coups frappés contre la porte de sa chambre.

L'aubergiste venait lui annoncer qu'il était minuit sonné.

— Et mes compagnons, ils sont prêts ? demanda le pantin.

— Plus que prêts ! Ils sont partis voici deux heures !

— Mais pourquoi tant de hâte ?

— Le Chat a été averti que son chaton aîné, atteint d'engelures aux pattes, est en danger de mort.

— Et ils ont payé le repas ?

— Ils sont trop bien élevés pour faire cet affront à Votre Seigneurie.

— Dommage ! C'est un affront qui m'aurait

fait grand plaisir ! dit Pinocchio en se grattant la tête.

Puis il demanda :

— Et où m'attendront-ils, ces chers amis ?

— Au Champ des Miracles, demain au point du jour.

Pinocchio donna un ducat pour payer son repas et celui de ses compagnons. Puis il partit.

Mais il partit à tâtons, pour ainsi dire ; car, dehors, il faisait noir comme dans un four et on n'y voyait rien du tout. Dans la campagne environnante, on n'entendait pas bruire une feuille. Seuls quelques vilains oiseaux nocturnes, volant en travers de la route d'une haie à l'autre, venaient battre des ailes contre le nez de Pinocchio qui, effrayé, faisait un bond en arrière et criait :

— Qui va là ? Qui va là ? Qui va là ?

Tandis qu'il marchait, il aperçut sur un tronc d'arbre une toute petite bestiole qui luisait d'une lumière pâlotte, comme une veilleuse dans une lampe d'opaline.

— Qui es-tu ? lui demanda Pinocchio.

— Je suis l'ombre du Grillon-qui-parle, répondit le minuscule animal, avec une petite voix faiblelette qui semblait venir du monde de l'au-delà.

— Que me veux-tu ? dit le pantin.

— Je veux te donner un conseil. Retourne sur

tes pas et porte les quatre ducats qui te restent à ton pauvre père, qui pleure et se désespère de ne plus te voir.

— Demain, mon papa sera un beau monsieur, parce que ces quatre ducats seront deux mille.

— Ne te fie pas, mon garçon, à ceux qui promettent de te rendre riche du soir au lendemain ! En général, ce sont des fous ou des escrocs ! Écoute-moi, retourne sur tes pas.

— Mais, je veux continuer, moi.

— L'heure est tardive !

— Je veux continuer.

— La nuit est noire...

— Je veux continuer.

— La route est dangereuse...

— Je veux continuer.

— Rappelle-toi que les enfants capricieux qui n'en font qu'à leur tête s'en repentent tôt ou tard.

— Toujours la même rengaine ! Bonne nuit, Grillon.

— Bonne nuit, Pinocchio. Que le ciel te préserve de la rosée et des brigands de grand chemin !

Dès qu'il eut dit ces derniers mots, le Grillon-qui-parle s'éteignit d'un seul coup, et la route fut encore plus noire qu'auparavant.

14

Parce qu'il n'a pas écouté les bons conseils du Grillon-qui-parle, Pinocchio rencontre les brigands de grand chemin.

— Vraiment, dit le pantin en reprenant sa route, nous les enfants, nous n'avons pas de chance. Tous les gens nous crient après, nous font la leçon et nous donnent des conseils. Tous : même un Grillon-qui-parle ! Alors, comme ça, parce que je n'ai pas voulu écouter ce rasoir de Grillon, il devrait m'arriver je ne sais combien de malheurs ! Encore une chance que je n'y croie pas, moi, aux brigands de grand chemin. Et quand bien même j'en rencontrerais sur cette route, je me laisserais impressionner, peut-être ? Ils peuvent toujours courir ! Je leur crierais au nez : « Sachez qu'on ne plaisante pas avec moi ! Alors, vaquez à vos affaires, et taisez-vous ! » Une bonne petite tirade bien sentie, et je les vois déjà détaler comme le vent, ces pauvres brigands...

Il n'arriva pas au bout de son beau raisonnement car, alors, il crut entendre derrière lui un très léger bruissement de feuilles.

Il se retourna, et vit dans les ténèbres deux inquiétantes silhouettes noires : tout encagoulées dans des sacs de charbon, elles couraient derrière lui, sur la pointe des pieds, tels deux fantômes.

— Les voilà pour de vrai ! se dit-il.

Et, ne sachant où cacher les quatre ducats, il les mit dans sa bouche, très exactement sous sa langue.

Puis il essaya de fuir. Il n'avait pas fait le premier pas qu'on le saisit par les bras, et qu'il entendit deux épouvantables voix caverneuses :

— La bourse ou la vie !

Pinocchio, qui ne pouvait répondre à cause des ducats cachés dans sa bouche, fit mille mimiques pour faire comprendre aux deux encapuchonnés, dont on ne voyait que les yeux par les trous des sacs, qu'il n'était qu'un pauvre pantin, et qu'il n'avait rien en poche, même pas une fausse pièce.

— Allons, allons ! Moins de blabla, et sors ton argent ! crièrent d'un ton menaçant les deux brigands.

Le pantin fit des signes de tête et de mains, l'air de dire : « Je n'en ai pas. »

— Sors l'argent ou tu es mort ! dit le plus grand des bandits.

— Mort ! répéta l'autre.

— Et après t'avoir tué, on tuera aussi ton père !

— Aussi ton père !

— Non, non, non, pas mon pauvre papa ! cria Pinocchio d'un ton désespéré.

À ce cri, les ducats tintèrent dans sa bouche.

— Ah, fripouille ! Alors comme ça, tu as caché les pièces sous ta langue ! Attends un peu, tu vas voir si on ne te les fait pas cracher !

En effet, l'un saisit le pantin par le bout du nez, l'autre par son menton en galoche, et ils tirèrent sans se gêner, qui d'un côté, qui de l'autre, pour le forcer à ouvrir la bouche. Peine perdue. La bouche du pantin était comme clouée.

Alors, le plus petit brigand sortit un impressionnant couteau et essaya de le lui enfoncer entre les lèvres pour faire levier. Mais Pinocchio, vif comme l'éclair, lui mordit la main, la lui coupa net d'un coup de dents, et la recracha par terre. Imaginez son étonnement quand il vit qu'il avait craché une patte de chat !

Ragaillardi par cette première victoire, il s'arracha aux griffes des brigands, et, sautant la haie du bord de route, il se mit à fuir à travers champs. Les brigands coururent derrière lui. Celui qui avait perdu une patte courut sur une seule jambe. Comment ? Personne ne l'a jamais su.

Au bout de quinze kilomètres, Pinocchio était à bout. Se voyant perdu, il escalada un pin immense et s'assit à la cime de l'arbre. Les brigands voulurent grimper eux aussi ; mais, à mi-hauteur, ils glissèrent du tronc et dégringolèrent à terre en s'écorchant les mains et les pieds.

Ils ne s'avouèrent pas vaincus, au contraire ! Ils amassèrent un fagot de bois sec au pied du pin, et y mirent le feu. En un rien de temps, le pin s'embrasa et crépita. Les flammes montaient de plus en plus haut. Pinocchio, qui n'avait pas envie de rôtir comme un pigeon, sauta du haut de l'arbre, et recommença à courir à travers les champs et les vignes, et les brigands derrière, toujours derrière, sans jamais se fatiguer.

Le jour commença à blanchir, et ils se poursuivaient toujours. Soudain, un large et profond fossé barra la route de Pinocchio. « Un, deux, trois ! » cria le pantin ; et, prenant son élan, il bondit de l'autre côté. Les brigands sautèrent eux aussi. Mais, ayant mal jaugé la distance, *patatra-plouf !* ils atterrirent en plein fossé. Pinocchio, riant et courant toujours, leur cria :

— Bonne trempette, messieurs les brigands !

Il les croyait déjà noyés, quand, regardant derrière lui, il s'aperçut qu'ils étaient encore à sa poursuite, dégoulinants d'eau comme deux paniers percés.

15

Les brigands de grand chemin poursuivent Pinocchio ; et, après l'avoir rattrapé, ils le pendent à une branche du Grand Chêne.

Le pantin, perdant courage, faillit alors s'avouer vaincu ; lorsque, regardant autour de lui, il vit blanchoyer au loin, dans le vert sombre des arbres, une maisonnette blanche comme neige.

— Si j'avais assez de souffle pour rejoindre cette maison, je serais sauvé, se dit-il.

Il se remit aussitôt à courir à toute allure à travers bois. Et les brigands, toujours derrière.

Au bout d'une course éperdue, il arriva enfin, tout essoufflé, à la porte de la maisonnette, et frappa.

Nul ne répondit.

Il frappa plus fort, car il entendait tout près les pas et le halètement précipité de ses poursuivants. Toujours pas de réponse.

Il donna, dans son désespoir, des coups de pied et de tête contre la porte. Alors, apparut à la fenêtre une belle petite fille avec des cheveux bleu outremer, le visage blanc comme une figurine de cire, les yeux clos et les mains repliées sur la poitrine. Elle dit sans remuer les lèvres, d'une voix faible qui semblait venir de l'au-delà :

— Dans cette maison, il n'y a personne. Tout le monde est mort.

— Mais toi, au moins, ouvre-moi ! cria Pinocchio, en larmes.

— Moi aussi, je suis morte.

— Morte ? Mais alors, qu'est-ce que tu fais à la fenêtre ?

— J'attends le cercueil qui m'emportera.

À ces mots, la petite fille disparut, et la fenêtre se referma sans bruit.

— Oh, belle petite fille aux cheveux outremer, cria Pinocchio, ouvre-moi, je t'en supplie ! Aie pitié d'un malheureux garçon poursuivi par des bri...

Il ne put finir, car on le saisit par le cou, et les grosses voix menaçantes grommelèrent :

— Cette fois, on te tient !

Le pantin, voyant la mort surgir devant ses yeux, trembla si violemment que les jointures de ses jambes en bois claquèrent, et aussi les quatre ducats cachés sous sa langue.

— Alors ? Tu l'ouvres cette bouche, oui ou non ? lui demandèrent les brigands. Ah ! tu ne réponds pas ? Eh bien, tu vas voir un peu !

Sortant deux gigantesques couteaux aussi tranchants que des rasoirs, *tzac !* ils lui plantèrent deux coups dans les reins.

Mais le pantin était en bois très dur : les longues lames se brisèrent en mille morceaux, et les brigands se retrouvèrent nez à nez, un manche à la main.

— Je comprends : il faut le pendre ! dit alors l'un deux. Pendons-le !

— Pendons-le ! répéta l'autre.

Aussitôt, ils lui lièrent les mains dans le dos et, lui passant un nœud coulant au cou, ils le pendirent à la branche d'un gros arbre, dit le Grand Chêne.

Puis ils s'assirent dans l'herbe, et attendirent. Mais, trois heures après, le pantin avait encore les yeux ouverts, la bouche fermée, et il gigotait plus que jamais.

Pour finir, ennuyés d'attendre, ils dirent à Pinocchio, en ricanant :

— Adieu jusqu'à demain ! Quand nous serons de retour ici, espérons que tu nous feras l'amabilité d'être raide mort et la bouche ouverte.

Et ils s'en allèrent.

Entre-temps, une violente tramontane s'était levée ; soufflant et mugissant avec rage, elle ballottait le pauvre pendu, comme un battant de cloche sonnant à toute volée. Ce balancement lui causait d'atroces souffrances et le nœud coulant, serrant son cou de plus en plus fort, lui coupait la respiration.

Peu à peu, son regard se brouilla. Pourtant, malgré l'approche de la mort, il espérait encore qu'une âme charitable se présenterait pour lui porter secours. Mais, quand il vit qu'il ne venait personne, vraiment personne, alors, il se rappela son pauvre papa... Presque moribond, il murmura :

— Oh, mon papa ! Si tu étais là !...

Le souffle lui manqua. Ses yeux se fermèrent, sa bouche s'ouvrit, ses jambes se raidirent et, après une grande secousse, il resta comme engourdi.

16

La belle Petite Fille aux cheveux bleu outremer recueille le pantin : elle le met au lit, et fait venir trois médecins pour savoir s'il est vivant ou mort.

Alors que le pauvre Pinocchio, pendu par les brigands à une branche du Grand Chêne, semblait désormais plus mort que vif, la belle Petite Fille aux cheveux bleu outremer reparut à la fenêtre. Apitoyée à la vue de ce malheureux pendu qui dansait la gigue dans les bourrasques de la tramontane, elle frappa dans ses mains.

À ce signal, dans un bruissement d'ailes rapides,

un grand faucon vint se poser sur l'appui de la fenêtre.

— Quels sont vos ordres, ma gracieuse Fée ? demanda-t-il.

Car il faut savoir que la Jeune Fille aux cheveux bleu outremer était en fait une très bonne fée, qui habitait depuis plus de mille ans dans les alentours de ce bois.

— Vois-tu ce pantin ballant à une branche du Grand Chêne ?

— Je le vois.

— Fort bien. Vole vite là-bas, romps avec ton bec puissant le nœud qui le maintient suspendu en l'air, et allonge-le délicatement sur l'herbe.

Le Faucon s'envola, et revint deux minutes plus tard :

— J'ai fait ce que vous m'avez commandé.

— Et qu'en dis-tu ? Est-il vivant ou mort ?

— À le voir, il semblait mort. Mais il ne doit pas être mort tout à fait, car dès que j'ai dénoué le nœud coulant qui lui serrait la gorge, il a soupiré : « Ah, je me sens mieux ! »

La Fée frappa dans ses mains, et il apparut alors un magnifique chien barbet qui marchait sur ses pattes de derrière, comme un homme.

Il était habillé en cocher, en livrée de gala. Il portait un tricorne galonné d'or, une perruque blanche, une veste chocolat avec des boutons en diamant, une culotte courte couleur cramoisi, des bas de soie, des escarpins échancrés et, dans le dos, une sorte d'étui à ombrelle, en satin bleu, pour mettre sa queue à l'abri lorsque le temps était à la pluie.

— Sois gentil, Médor ! dit la Fée au chien barbet. Attelle le plus beau carrosse de mon écurie, et prends le chemin du bois. Sous le Grand Chêne, tu trouveras un pauvre pantin à moitié mort. Soulève-le avec délicatesse, dépose-le de même sur les coussins du carrosse, et amène-le-moi.

Le chien barbet signifia qu'il avait compris, et partit.

Peu après, on vit sortir de l'écurie un beau carrosse couleur d'air, capitonné de plumes de canari, et fourré à l'intérieur de crème fouettée et de charlotte aux biscuits à la cuiller. Le carrosse était tiré par cent paires de souris blanches, et le chien barbet occupait le siège du cocher.

Un quart d'heure ne s'était pas écoulé que le carrosse revint. La Fée, qui attendait sur le pas de la porte, prit dans ses bras le pauvre pantin, et le porta dans une chambrette aux murs en nacre. Elle fit aussitôt appeler les plus illustres médecins du voisinage.

Arrivèrent sans tarder un Corbeau, une Chouette et un Grillon-qui-parle.

— Je voudrais que vous me disiez, messieurs, dit la Fée aux trois médecins réunis autour du lit de Pinocchio, si ce malheureux pantin est vivant ou mort !

Alors, le Corbeau s'avança et tâta le pouls de Pinocchio ; puis son nez, puis son petit orteil. Quand il eut tout palpé, il déclara d'un ton solennel :

— À ce que je crois, le pantin est bien mort. Mais si par malchance il n'était pas mort, ce serait à coup sûr le signe qu'il est toujours vivant !

— Je suis désolée d'avoir à contredire le Corbeau, mon illustre ami et confrère, dit la Chouette. Selon moi, le pantin est toujours vivant, au contraire. Mais si par malchance il n'était pas vivant, ce serait à coup sûr le signe qu'il est mort pour de bon.

— Et vous, vous ne dites rien ? demanda la Fée au Grillon-qui-parle.

— Je dis qu'un médecin prudent, quand il ne sait pas ce qu'il raconte, fait mieux de se taire. Du reste, ce pantin a une tête qui m'est familière : il y a belle lurette que je le connais !

Pinocchio, jusque-là aussi raide qu'un vrai morceau de bois, eut une sorte de frémissement convulsif qui fit trembler le lit.

— Ce pantin, continua le Grillon-qui-parle, est un fichu coquin...

Pinocchio ouvrit les yeux, et les referma vite.

— C'est un petit voyou, un tire-au-flanc, un traîne-savates...

Pinocchio cacha sa tête sous le drap.

— Ce pantin est un fils désobéissant qui fera mourir de chagrin son pauvre papa !

À cet instant, on entendit un bruit étouffé de pleurs et de sanglots. Imaginez la réaction générale quand, ayant un peu soulevé le drap, ils s'aperçurent que c'était Pinocchio qui pleurait et sanglotait.

— Quand le mort pleure, c'est signe qu'il est en voie de guérison, annonça le Corbeau.

— Je suis navrée de contredire mon illustre ami et confrère, glissa la Chouette, mais pour moi, quand le mort pleure, c'est signe qu'il lui déplaît de mourir.

17

Pinocchio mange le sucre, mais ne veut pas se soigner ; mais, quand les croque-morts viennent l'emporter, il se purge. Ensuite, il dit un mensonge et, pour punition, son nez s'allonge.

Dès que les trois médecins furent partis, la Fée s'approcha de Pinocchio. Lui ayant tâté le front, elle s'aperçut qu'il avait une fièvre de cheval.

Alors, elle fit dissoudre une poudre blanche dans un demi-verre d'eau, qu'elle tendit au pantin en disant avec amour :

— Bois, et en peu de jours, tu seras guéri.

Pinocchio esquissa une grimace, puis demanda d'un ton pleurnichard :

— C'est doux ou amer ?

— C'est amer, mais ça te fera du bien.

— Je n'aime pas ce qui est amer.

— Bois, et après, je te donnerai un sucre pour chasser le mauvais goût.

— D'abord, je veux le sucre. Et après, je boirai cette vilaine eau amère...

— C'est promis ?

— Oui.

La Fée lui donna le sucre, et Pinocchio, après l'avoir englouti en trois coups de dents, dit en se pourléchant les lèvres :

— Ah, si le sucre était un médicament ! Je me soignerais tous les jours !

— Maintenant, tiens ta promesse.

Pinocchio prit le verre à contrecœur. Il y plongea le bout du nez, l'approcha de sa bouche, y remit le bout du nez, et, pour finir, il dit :

— Ah, non, je ne peux pas avaler ça ! C'est trop amer !

— Comment le sais-tu ? Tu n'y as même pas goûté !

— J'imagine très bien ce que c'est ! Je le sens à l'odeur. Je veux encore un sucre d'abord... après, je boirai !

La Fée, avec toute la patience d'une gentille maman, lui glissa dans la bouche un deuxième sucre ; puis elle lui représenta le verre.

— Là, comme ça, je ne peux pas boire ! affirma le pantin en faisant mille grimaces.

— Pourquoi ?

— L'oreiller sur mes pieds me dérange.

La Fée retira l'oreiller.

— Ça ne sert à rien !

— Qu'est-ce qui te dérange encore ?

— La porte de la chambre : elle est entrebâillée.

La Fée alla fermer la porte.

— De toute façon, cria Pinocchio en fondant en larmes, je ne veux pas avaler cette vilaine eau amère, là ! Non, non et non !

— Tu le regretteras, mon garçon...

— Ça m'est égal !

— Ta maladie est grave...

— Ça m'est égal !

— La fièvre t'emportera très vite dans l'autre monde...

— Ça m'est égal !

— Tu n'as pas peur de la mort ?

— Pas peur du tout ! J'aime mieux mourir que de boire ce mauvais médicament.

À cet instant, la porte de la chambre s'ouvrit

et quatre lapins d'un noir d'encre entrèrent, qui portaient sur leurs épaules un petit cercueil.

— Qu'est-ce que vous me voulez ? cria Pinocchio, tout effrayé, en se redressant sur son lit.

— Nous sommes venus te chercher, répondit le plus gros lapin.

— Me chercher ? Mais je ne suis pas encore mort !

— Pas encore, non. Mais tu n'as que quelques minutes à vivre, car tu as refusé de boire le remède qui t'aurait guéri de la fièvre !

— Oh, ma Fée, ma Fée à moi ! se mit alors à brailler le pantin. Donnez-moi vite ce verre ! Dépêchez-vous, par pitié, je ne veux pas mourir... non, je ne veux pas mourir !

Et, prenant le verre à deux mains, il le vida d'un trait.

— Patience ! dirent les lapins. Pour cette fois, nous avons fait le voyage pour rien.

Hissant de nouveau le cercueil sur leurs épaules, ils quittèrent la chambre en grommelant et en marmonnant entre leurs dents.

De fait, quelques instants plus tard, Pinocchio sauta hors du lit, tout à fait guéri ; car les pantins en bois ont le privilège de tomber rarement malades et de guérir très vite.

La Fée, le voyant courir et gambader à travers la pièce, vif et gai comme un jeune coq, lui dit :

— Ainsi, mon remède t'a vraiment fait du bien ?

— Oh, oui ! Il m'a rendu à la vie !

— Alors, pourquoi t'es-tu tant fait prier pour le boire ? Les enfants devraient savoir qu'un bon remède pris à temps peut les sauver d'une grave maladie, et même de la mort...

— Oh, mais la prochaine fois, je ne me ferai pas tant prier ! Je me souviendrai des lapins noirs avec le cercueil sur leurs épaules... alors, je prendrai vite le verre et hop ! je le viderai.

— Viens un peu par ici, et raconte-moi comment tu t'es retrouvé entre les mains des brigands.

— Alors voilà, le montreur de marionnettes Mangefeu m'a donné des pièces d'or, et il m'a dit : « Tiens, porte-les à ton papa ! » Mais moi, j'ai rencontré sur la route un Renard et un Chat qui m'ont dit : « Veux-tu que ces quelques pièces en donnent mille et deux mille ? Suis-nous, et nous te conduirons au Champ des Miracles. » Et moi j'ai dit : « On y va ! » Et puis, ils ont dit : « Arrêtons-nous à l'auberge du Homard rouge, et après minuit, on repartira. » Et quand moi je me suis réveillé, ils n'étaient plus là parce qu'ils étaient partis. Et alors, je me suis mis en route, même s'il faisait très très noir, et là, je suis tombé sur deux brigands dans des sacs de charbon, qui m'ont dit : « Sors ton argent ! » et j'ai dit : « Je n'en ai pas », parce que j'avais caché les quatre pièces d'or dans ma bouche ; un brigand a voulu mettre ses mains dans ma bouche, et moi, je l'ai mordu et je lui ai arraché la main et puis je l'ai crachée, mais c'était une patte de chat. Et les assassins m'ont couru après, et moi, j'ai couru, j'ai couru, mais ils m'ont rattrapé et ils m'ont pendu à un arbre de ce bois en disant : « Demain, on reviendra, et là, tu seras mort et tu auras la bouche ouverte, et comme ça, on te prendra les pièces d'or qui sont cachées sous ta langue. »

— Et où sont-elles, maintenant, ces quatre pièces ? demanda la Fée.

— Je les ai perdues ! répondit Pinocchio.

À ce mensonge, son nez déjà bien long s'allongea encore de deux doigts.

— Où les as-tu perdues ?

— Dans le bois tout près d'ici.

— Alors, dit la Fée, nous les retrouverons : tout ce qui se perd dans le bois voisin se retrouve toujours.

— Ah, ça y est, je me rappelle ! répondit le pantin, qui s'enfonçait de plus en plus. Les quatre pièces, je ne les ai pas perdues, je les ai avalées sans faire exprès en buvant votre remède.

À ce troisième mensonge, son nez s'allongea d'une façon si extraordinaire que le pauvre Pinocchio ne pouvait plus faire un mouvement : s'il se tournait par-ci, son nez butait contre le lit ou les vitres ; s'il se tournait par-là, il heurtait les murs ou la porte ; en relevant un tout petit peu la tête, il aurait risqué de crever un œil à la Fée.

La Fée le regardait et riait.

— Pourquoi riez-vous ? demanda le pantin, troublé et inquiet.

— Je ris de ton mensonge.

— Comment pouvez-vous savoir que j'ai dit un mensonge ?

— Les mensonges, mon garçon, on les reconnaît vite : il y a ceux qui ont les jambes courtes, et ceux qui ont le nez long. Et ton mensonge à toi est de la deuxième catégorie : il a le nez long.

Pinocchio, qui ne savait plus où cacher sa honte, voulut s'enfuir. Mais il n'y arriva pas. Son nez était devenu si long qu'il ne passait plus par la porte de la chambre.

18

Pinocchio retrouve le Renard et le Chat, et va semer avec eux les quatre pièces dans le Champ des Miracles.

Comme vous l'imaginez, la Fée laissa le pantin pleurer et hurler pendant une bonne demi-heure. Elle voulait lui donner une sévère leçon. Mais quand elle le vit tout changé, avec les yeux qui lui sortaient de la tête dans son grand désespoir, elle fut prise de pitié. Elle frappa dans ses mains et, à ce signal, un millier de gros oiseaux entrèrent dans la chambre : des Pics-verts. S'étant tous posés sur le nez de Pinocchio, ils lui donnèrent tant et tant de coups de bec que, quelques minutes plus tard, ce gigantesque nez avait retrouvé sa taille normale.

— Vous êtes si bonne, ma Fée ! dit le pantin en s'essuyant les yeux. Je vous aime tant !

— Moi aussi, je t'aime, répondit la Fée. Si tu veux rester avec moi, tu seras mon petit frère, et moi ta gentille petite sœur...

— Je resterais bien volontiers, mais... et mon pauvre papa ?

— J'ai déjà pensé à tout. Ton papa a été averti : il sera ici avant la nuit.

— C'est vrai ? s'écria Pinocchio, fou de joie. Alors, ma chère petite Fée, j'aimerais partir à sa rencontre ! J'ai hâte de l'embrasser, il a tant souffert par ma faute, le pauvre !

— Va donc, mais fais attention à ne pas te perdre. Suis le chemin du bois, et tu le rencontreras sûrement.

Pinocchio partit, et, dès qu'il fut dans le bois, il se mit à courir comme un chevreuil. Cependant, juste devant le Grand Chêne, il s'arrêta : il lui semblait avoir entendu quelqu'un au milieu du feuillage. En effet, il vit apparaître sur la route, devinez qui ? Le Renard et le Chat.

— Voici notre cher Pinocchio ! cria le Renard en le serrant dans ses bras. Que fais-tu donc ici ?

— Que fais-tu donc ici ? répéta le Chat.

— C'est une longue histoire. Je vous dirai seulement que l'autre nuit, quand vous m'avez laissé seul à l'auberge, j'ai rencontré des brigands sur mon chemin...

— Des brigands ? Oh, pauvre ami ! Et que voulaient-ils ?

— Ils voulaient me voler les pièces d'or.

— Les scélérats ! dit le Renard.

— Les scélératissimes ! répéta le Chat.

— Mais j'ai détalé, continua le pantin, et ils m'ont tellement couru après qu'ils m'ont rattrapé et pendu à une branche de ce chêne...

— Est-il rien de plus horrible ? dit le Renard. Dans quel monde vivons-nous !

Pendant qu'ils parlaient ainsi, Pinocchio s'aperçut que le Chat boitait, car il n'avait plus ni patte ni griffes à la jambe droite. Aussi lui demanda-t-il :

— Qu'est-il arrivé à ta patte ?

Le Chat voulut répondre, mais il s'embrouilla. Alors, le Renard s'empressa de dire :

— Mon ami est trop modeste. Je parlerai donc à sa place. Sache que nous avons rencontré sur la route un vieux loup presque mort de faim qui nous a demandé une petite aumône. Comme nous n'avions rien à lui donner, qu'a fait notre ami qui a grand cœur ? Il a coupé une de ses pattes de devant avec ses dents, et il l'a lancée à cette pauvre bête pour qu'elle ait de quoi dîner.

Et, sur ces mots, le Renard essuya une larme.

Pinocchio, ému lui aussi, s'approcha du Chat et lui murmura à l'oreille :

— Si tous les chats te ressemblaient, les rats auraient de la chance !

— Et que fais-tu dans ces parages ? demanda le Renard au pantin.

— J'attends mon père, qui doit arriver d'un moment à l'autre.

— Et tes pièces d'or ?

— Je les ai toujours en poche, sauf celle que j'ai dépensée à l'auberge du Homard rouge.

— Dire que ces quatre pièces pourraient en donner demain mille et deux mille ! Pourquoi ne suis-tu pas mon conseil ? Pourquoi ne vas-tu pas les semer dans le Champ des Miracles ?

— Aujourd'hui, je ne peux pas. J'irai une autre fois.

— Une autre fois, ce sera trop tard ! dit le Renard.

— Pourquoi ?

— Parce que ce champ a été acheté par un grand seigneur, et d'ici demain, plus personne n'aura le droit d'y semer des pièces.

— Il est loin d'ici, ce Champ des Miracles ?

— À deux kilomètres. En une demi-heure, tu y es. Tu sèmes vite les quatre pièces, quelques minutes plus tard tu en ramasses deux mille, et ce soir, tu retournes ici les poches pleines. Veux-tu venir avec nous ?

Pinocchio hésita, car il pensa à la bonne Fée, au vieux Geppetto et aux avertissements du Grillon qui parle. Pourtant, il finit par dire au Renard et au Chat :

— Allons-y, je vous accompagne.

Après avoir voyagé une demi-journée, ils parvinrent au Pays des Nigauds. Pinocchio vit que les rues étaient envahies de chiens pelés bâillant de faim, de brebis tondues frissonnant de froid, de poules sans crête, de gros papillons incapables de voler après avoir vendu leurs magnifiques ailes bariolées, de paons sans queue qui avaient honte de se montrer, de faisans qui trottinaient en silence, pleurant leurs scintillantes plumes mordorées perdues à jamais.

Au milieu de cette foule de mendiants et de pauvres-mais-fiers, on voyait passer de temps à autre des carrosses de grands seigneurs, avec un Renard, une Pie voleuse ou un oiseau de proie à l'intérieur.

— Où est-il, ce Champ des Miracles ? demanda Pinocchio.

— À deux pas d'ici.

Ils traversèrent la ville et, une fois hors des murs, ils s'arrêtèrent dans un champ isolé qui, finalement, avait l'air d'un champ ordinaire.

— Nous y sommes, dit le Renard au pantin. Creuse avec tes mains un petit trou dans ce champ, et mets les pièces d'or dedans.

Pinocchio obéit. Il creusa le trou, y déposa les quatre pièces, et le recouvrit avec un peu de terre.

— Maintenant, dit le Renard, va au fossé tout près d'ici, puise un seau d'eau et arrose la terre que tu as ensemencée.

Pinocchio alla au fossé, et, comme il n'avait pas de seau, il ôta une de ses savates ; l'ayant remplie d'eau, il arrosa la terre qui recouvrait le trou. Puis il demanda :

— Il faut faire autre chose ?

— Non, répondit le Renard. Nous pouvons partir. Mais tu reviendras dans une vingtaine de minutes, et tu verras que l'arbuste sera déjà sorti du sol avec des branches toutes chargées de pièces.

Le pauvre pantin, transporté de joie, remercia mille fois le Renard et le Chat, et leur promit un beau cadeau.

— Nous ne voulons pas de cadeaux, répondirent les deux coquins. Il nous suffit de t'avoir appris comment t'enrichir sans peine, et nous sommes heureux comme des rois.

Sur cc, ils s'cn allèrent à leurs affaires.

19

Pinocchio se fait voler ses pièces d'or et, pour punition, il écope de quatre mois de prison.

Le pantin, rentré en ville, se mit à compter les minutes une à une. Quand il lui sembla que l'heure était venue, il reprit sans tarder la route qui menait au Champ des Miracles.

Pendant qu'il se hâtait, il se disait :

— Et si, au lieu de mille pièces, j'en trouvais deux mille sur l'arbre ? Et si, au lieu de deux mille, j'en trouvais cinq mille ? Là, oui, alors, je deviendrais un beau monsieur ! J'aurais un beau palais, mille chevaux de bois pour m'amuser, une cave de liqueurs et de chartreuse, et une bibliothèque pleine de fruits confits, de gâteaux, de brioches, d'amandines et de gaufrettes à la crème.

Tout en laissant courir son imagination, il arriva près du champ et il s'arrêta pour voir si, par hasard, il repérait un arbre aux branches couvertes de pièces. Mais il ne vit rien. Il entra dans le champ, alla au petit trou où il avait enterré ses ducats : rien.

À ce moment, un grand éclat de rire retentit à ses oreilles. Il leva les yeux et vit un gros Perroquet qui épouillait ses maigres plumes.

— Pourquoi ris-tu ? demanda Pinocchio avec colère.

— Je ris parce qu'en m'épouillant sous les ailes, je me suis fait des chatouilles.

Le pantin ne répondit pas. Il alla au fossé et, ayant rempli d'eau sa savate, il recommença à arroser la terre qui recouvrait les pièces d'or.

Un autre éclat de rire, encore plus insolent que le premier, retentit dans la solitude silencieuse du champ.

— Mais enfin, cria Pinocchio en s'échauffant, on peut savoir ce qui te fait rire, Perroquet mal embouché ?

— Je ris des nigauds qui se font avoir par plus malin qu'eux.

— C'est de moi que tu parles ?

— Oui, de toi, pauvre Pinocchio ! De toi qui es assez naïf pour croire qu'on peut semer et récolter l'argent dans un champ comme des haricots ou des courgettes. Moi aussi, je l'ai cru, et j'en subis les conséquences. Aujourd'hui – trop tard ! – je suis enfin convaincu que pour gagner honnêtement quelques sous, il faut faire travailler ses mains ou son intelligence.

— Je ne comprends rien à ce que tu racontes, dit le pantin, que la peur commençait à gagner.

— Je vais m'expliquer plus clairement. Sache donc que, pendant que tu étais en ville, le Renard et le Chat sont revenus dans ce champ : ils ont pris les pièces d'or enterrées, et puis ils ont filé comme le vent. Si tu les rattrapes, je te tire mon chapeau !

Pinocchio resta bouche bée. Refusant de croire le Perroquet, il creusa avec ses mains et ses ongles la terre qu'il avait arrosée. Il fit un trou si profond qu'on aurait pu y faire tenir debout une meule de foin. Mais l'argent avait disparu.

Désespéré, il courut tout droit au tribunal de la ville, pour dénoncer au juge les deux filous qui l'avaient volé.

Le juge était un grand singe de la race des gorilles : un vieux singe vénérable par son grand âge, sa barbe blanche et, surtout, ses lunettes en or, sans verres, qu'il portait à cause d'un écoulement des yeux qui le tourmentait depuis des années.

Pinocchio raconta par le menu le vol scandaleux dont il était victime ; il donna les noms et prénoms, et la description des deux brigands, et demanda justice.

Le magistrat l'écouta avec beaucoup de bienveillance : il prit vivement part au récit : il s'attendrit, s'émut. Quand le pantin n'eut plus rien à dire, il allongea la main pour agiter une cloche.

À ce coup de cloche, deux dogues en tenue de gendarme apparurent.

Alors, le juge leur désigna Pinocchio et dit :

— Ce pauvre s'est fait dépouiller de quatre pièces d'or. Saisissez-le et jetez-le en prison.

Le pantin, en entendant tomber cette sentence sans appel, fut ahuri et voulut protester. Mais les gendarmes lui fermèrent la bouche et le flanquèrent en prison.

Il dut y rester quatre longs mois. Il y aurait même croupi plus longtemps, s'il n'était survenu un fait extraordinaire. Le jeune empereur qui régnait sur le Pays des Nigauds, ayant remporté une belle victoire sur ses ennemis, ordonna des célébrations publiques, des illuminations, des feux d'artifice. En signe de grande réjouissance, il voulut même qu'on libère tous les bandits.

— S'ils sortent de prison, je veux sortir aussi, dit Pinocchio au geôlier.

— Pas vous, répondit le geôlier. Vous ne faites pas partie de ce beau monde.

— Pardon, répondit Pinocchio, mais moi aussi, je suis un bandit.

— Dans ce cas, vous avez mille fois raison, dit le geôlier.

Et, le saluant respectueusement avec sa casquette, il lui ouvrit la porte et le laissa détaler.

20

Libéré de prison, il s'en retourne vers la maison de la Fée ; mais, en route, il rencontre un effroyable serpent ; puis il est pris dans un piège.

Imaginez la joie de Pinocchio lorsqu'il se vit libre ! Sans demander son reste, il quitta la ville et reprit la route qui devait le conduire à la maisonnette de la Fée.

Dans son immense désir de revoir son papa et sa petite sœur aux cheveux bleu outremer, il bondissait comme un lévrier et, tout en courant, il se disait :

— J'en ai eu des malheurs... Et je ne les ai pas volés ! Je veux toujours en faire à ma tête ! Mais je suis décidé à changer et à devenir un petit garçon bien élevé et obéissant... De toute façon, j'ai bien vu qu'on ne gagne rien à désobéir. Et mon papa, est-ce que je le retrouverai dans la maison de la Fée ? Il y a longtemps que je ne l'ai pas vu, le pauvre ! Je voudrais lui faire mille caresses et le couvrir de baisers ! Et la Fée ? Va-t-elle me pardonner ma mauvaise action ? Elle m'a prodigué tant d'attentions et tant de soins amoureux ! Si je suis encore vivant aujourd'hui, c'est à elle que je le dois ! Est-il possible d'être plus ingrat et plus méchant que moi ?

Sur ces entrefaites, il s'arrêta net, épouvanté, puis recula de quatre pas.

Qu'avait-il vu ?

Il avait vu un gros serpent étendu en travers de la route, avec une peau verte, des yeux de braise et une queue dressée qui fumait comme un tuyau de cheminée.

Impossible d'imaginer la peur du pantin ! Il s'éloigna à plus de cinq cents mètres, s'assit sur un tas de gravier, et attendit que le serpent libère la voie.

Il attendit une heure ; et deux ; et trois. Mais le serpent était toujours là : même de loin, on voyait le rougeoiement de ses yeux et la colonne de fumée qui sortait de sa queue.

Alors, rassemblant son courage, Pinocchio, s'approcha et, d'une petite voix douce et insinuante, dit au serpent :

— Excusez-moi, monsieur le serpent, vous voulez bien vous écarter un peu pour que je puisse passer ?

Autant parler à un mur. Il n'y eut pas un mouvement.

Il reprit avec la même petite voix :

— Sachez, monsieur le serpent, que je rentre à la maison. Mon papa m'attend ! Vous permettez s'il vous plaît que je continue ma route ?

Le serpent, qui avait semblé jusque-là alerte et plein de vie, devint immobile et presque raide. Ses yeux se fermèrent, sa queue cessa de fumer.

— Si ça se trouve, il est vraiment mort ? dit Pinocchio en se frottant les mains de contentement.

Sans traîner, il voulut l'enjamber pour gagner l'autre côté de la route. Il n'avait même pas fini de lever la jambe que le serpent se dressa tel un ressort. Épouvanté, le pantin tenta de l'esquiver, mais il trébucha et s'affala par terre.

Il fit une chute si malencontreuse qu'il s'enfonça dans la boue, la tête au fond et les jambes en l'air.

À la vue de ce pantin fiché dans la boue qui gigotait avec une vitesse inouïe, le serpent fut pris d'une énorme quinte de rire, et il rit, rit et rit tellement qu'il eut une attaque et mourut pour de bon.

Alors, Pinocchio se remit à courir pour arriver chez la Fée avant qu'il fasse noir. Mais, en cours de route, tenaillé par la faim, il sauta dans un champ pour cueillir du raisin muscat.

Dès qu'il fut au pied de la vigne, crac ! il sentit autour de sa jambe deux lames de fer acérées qui lui firent voir trente-six chandelles.

Le pauvre pantin était pris dans un piège placé là par des paysans pour capturer les grosses fouines qui dévastaient les poulaillers du voisinage.

21

Pinocchio est attrapé par un paysan, qui le force à faire le chien de garde d'un poulailler.

Comme vous l'imaginez, Pinocchio se mit à pleurer, à crier, à appeler au secours. Mais ses pleurs et ses cris étaient inutiles : on ne voyait aucune maison dans les parages, ni âme qui vive sur la route.

Bientôt, la nuit tomba.

Entre la douleur que lui causait le piège qui lui sciait les jambes, et la peur d'être seul dans ces champs, le pantin sentait qu'il allait s'évanouir. Il vit soudain passer une luciole au-dessus de sa tête, et l'appela :

— Oh, Luciolette, tu veux bien être assez bonne pour me libérer de mon supplice ?

— Pauvre enfant ! répondit la Luciole, qui s'arrêta, apitoyée. Comment te retrouves-tu les jambes en tenaille dans ces fers acérés ?

— Je suis entré dans ce champ pour cueillir deux grappettes de raisin muscat, et...

À cet instant, un léger bruit interrompit la conversation. Le propriétaire du champ venait voir à pas de loup si une des fouines qui mangeaient ses poussins durant la nuit était prise au piège.

Quel ne fut pas son étonnement quand, ayant tiré sa lanterne de sous son manteau, il vit que ce n'était pas une fouine mais un petit garçon qui était pris.

— Ah, fripouille ! s'écria le paysan, furieux. C'est donc toi qui emportes mes poules ?

— C'est pas moi ! C'est pas moi ! sanglota Pinocchio. Moi, je voulais seulement deux grappes de raisin !

— Quand on vole du raisin, on est aussi capable de voler des poules. Tu vas voir un peu ! Je vais te donner une leçon dont tu te souviendras !

Ouvrant le piège, il saisit le pantin par le collet et le porta jusque chez lui comme un chaton.

Arrivé dans la cour de sa maison, il le lâcha à terre, lui mit un pied sur le cou, et dit :

— Il est tard, je vais mc coucher. Nous réglerons nos comptes demain. En attendant, puisque le chien qui faisait le guet pendant la nuit est mort aujourd'hui, tu prendras la relève : c'est toi qui seras mon chien de garde.

Aussitôt, il lui passa au cou un gros collier couvert de pointes d'étain. Ce collier était attaché à une longue chaîne en fer, et cette chaîne rivée au mur.

— S'il pleut cette nuit, dit le paysan, tu n'auras qu'à coucher dans cette niche, où se trouve encore le lit de paille de mon pauvre chien. Si par malheur il vient des voleurs, n'oublie pas de dresser les oreilles et d'aboyer.

Sur ce, le paysan entra chez lui et referma la porte au triple verrou. Le pauvre Pinocchio resta accroupi dans la cour, à demi mort de froid, de faim et de peur. De temps à autre, il agrippait avec rage le collier qui lui serrait le cou, et il disait en pleurant :

— Bien fait pour moi ! Ah, oui, bien fait pour moi ! J'ai voulu être un fainéant, un vagabond... et c'est pour ça que je n'ai que des ennuis. Si j'avais été un bon petit garçon, si j'avais étudié et travaillé, si j'étais resté à la maison avec mon pauvre papa, je ne me retrouverais pas ici, en train de faire le chien de garde chez un paysan !

S'étant soulagé avec cette petite tirade, venue du plus profond de son cœur, il entra dans la niche et s'endormit.

22

Pinocchio surprend les voleurs et, pour récompense de sa fidélité, il est mis en liberté.

Il y avait déjà plus de deux heures qu'il dormait à poings fermés, quand, vers minuit, il fut réveillé par un chuchotis de voix étranges, qui semblaient venir de la cour. Ayant pointé son nez hors de la niche, il vit réunies en conciliabule quatre bestioles au pelage sombre : c'étaient des fouines, petits animaux carnivores particulièrement friands d'œufs et de jeunes poulets. Une de ces fouines s'avança jusqu'à l'ouverture de la niche et dit à voix basse :

— Bonsoir, Melampo.

— Je ne m'appelle pas Melampo, dit le pantin.

— Mais alors, qui es-tu ?

— Je suis Pinocchio.

— Et que fais-tu ici ?

— Je fais le chien de garde.

— Et Melampo, où est-il ? Où est le vieux chien qui habitait dans cette niche ?

— Il est mort ce matin.

— Mort ? Le pauvre ! Il était si bon !... Mais à en juger par ta physionomie, tu m'as l'air d'être toi aussi un chien très aimable.

— Pardon, mais je ne suis pas un chien !

— Et qui tu es, alors ?

— Je suis un pantin.

— Et tu fais le chien de garde ?

— Hélas ! Pour ma punition !

— Eh bien, je te propose le même accord qu'à ce brave Melampo. Tu en seras content.

— Et ce serait quoi, cet accord ?

— Nous viendrons une fois par semaine, comme par le passé, pour visiter ce poulailler pendant la nuit. Nous emporterons huit poules. Ces poules, nous en mangerons sept, et nous t'en donnerons une, à condition, bien entendu, que tu fasses semblant de dormir et que tu n'aies jamais le caprice de réveiller le paysan.

— Melampo faisait ça ? demanda Pinocchio.

— Il faisait ça, et nous nous sommes toujours très bien entendus. Dors donc sur tes deux oreilles, et tu peux être sûr que nous laisserons sur ta niche une poule parfaitement plumée pour ton repas de demain. Nous nous comprenons ?

— Presque trop bien ! répondit Pinocchio. Et il branla la tête d'une façon quelque peu menaçante, comme pour dire : « Ça ne se passera pas comme ça ! »

Quand les quatre fouines se crurent sûres de leur fait, elles gagnèrent tout droit le poulailler ; et, ayant ouvert à coups de dents et de griffes le portillon en bois qui fermait l'entrée, elles s'y faufilèrent à la queue leu leu. Mais à peine furent-elles dedans que la porte se referma en claquant avec violence.

C'était Pinocchio qui l'avait refermée. Et il l'avait bloquée avec une grosse pierre pour plus de sûreté.

Il se mit alors à aboyer comme un vrai chien de garde : *ouah*, *ouah*, *ouah !*

À ces aboiements, le paysan sauta du lit, prit son fusil, et se montra à la fenêtre en demandant :

— Qu'est-ce qu'il y a ?

— Il y a des voleurs ! répondit Pinocchio.

— Où ça ?

— Dans le poulailler.

— Je descends.

En moins de temps qu'il n'en faut pour dire ouf, le paysan descendit. Il entra en courant dans le poulailler, et après avoir attrapé et enfermé dans un sac les quatre fouines, il leur dit avec jubilation :

— Enfin, je vous tiens ! Je pourrais vous punir, mais je ne suis pas si cruel ! Je me contenterai de vous porter demain à l'aubergiste : il vous dépiautera et vous cuisinera en civet façon lièvre à l'aigre-doux. Vous ne méritez pas cet honneur, mais un homme aussi généreux que moi ne s'abaisse pas à ces mesquineries !

Puis, s'approchant de Pinocchio, il lui fit un tas de caresses et lui demanda :

— Comment as-tu fait pour découvrir le complot de ces sales petites voleuses ? Dire que Melampo, mon pauvre Melampo, ne s'était jamais aperçu de rien !

Le pantin aurait pu révéler le pacte honteux du chien et des fouines. Mais il se dit :

« À quoi bon accuser les morts ? Les morts sont morts, et la meilleure chose qu'on puisse faire est de les laisser en paix ! »

— À l'arrivée des fouines dans la cour, étais-tu réveillé ou dormais-tu ? continua le paysan.

— Je dormais, répondit Pinocchio. Mais les fouines m'ont réveillé avec leurs chuchotis, et une d'elles est venue me dire : « Si tu promets de ne pas aboyer et de ne pas réveiller le maître, nous te ferons cadeau d'une poule parfaitement plumée ! » Vous vous rendez compte ? Quel culot ! Même si je suis un pantin et si j'ai tous les défauts du monde, je n'aurai jamais celui de comploter avec les gens malhonnêtes !

— Brave petit ! cria le paysan en lui donnant une tape sur l'épaule. Tes sentiments te font honneur. Pour te prouver ma grande satisfaction, je te laisse libre de rentrer chez toi.

Et il lui ôta son collier de chien.

23

Pinocchio pleure la mort de la belle Petite Fille aux cheveux outremer ; puis il trouve un pigeon qui l'emmène au bord de la mer, et là, il se jette à l'eau pour venir au secours de son père Geppetto.

Dès que Pinocchio ne sentit plus peser ce collier rude et humiliant autour de son cou, il se mit à détaler à travers champs, et ne s'arrêta pas avant d'avoir atteint la grand-route, qui devait le ramener à la maison de la Fée.

Il se retourna pour contempler la plaine derrière lui, et il distingua très bien le bois où, pour son malheur, il avait rencontré le Renard et le Chat. Il vit se dresser, au milieu des arbres, le Grand Chêne où il avait été pendu. Mais il eut beau se tourner de côté et d'autre, il ne vit pas la maisonnette de la belle petite fille aux cheveux outremer.

Alors, il eut un triste pressentiment, et, courant de toute la force qu'il lui restait dans les jambes, il parvint dans le pré où se dressait autrefois la maisonnette blanche. Mais la maisonnette blanche n'était plus là. Il y avait à la place une pierre en marbre où figuraient en lettres majuscules ces tristes mots :

CI-GÎT

LA PETITE FILLE AUX CHEVEUX BLEU OUTREMER

MORTE DE DOULEUR

D'AVOIR ÉTÉ ABANDONNÉE PAR SON

PETIT FRÈRE PINOCCHIO

Ce que fut l'état du pantin, je vous le laisse imaginer. Il se laissa tomber de tout son long et, couvrant de mille baisers le marbre mortuaire, il éclata en gros sanglots. Il pleura toute la nuit et le lendemain, au point du jour, il se lamentait encore.

Tout en pleurant, il disait :

— Oh, ma Petite Fée, pourquoi es-tu morte ? Pourquoi ne suis-je pas mort à ta place, moi qui suis si méchant alors que tu étais si bonne ?... Et mon papa, où peut-il être ? Oh, ma Petite Fée ! Dis-moi où je peux le trouver, car je veux rester toujours avec lui et ne plus jamais l'abandonner ! Jamais, jamais ! Oh, ma Petite Fée, dis-moi que tu n'es pas morte pour de vrai ! Si vraiment tu m'aimes, si tu aimes ton petit frère, ressuscite... redeviens vivante comme avant ! Ne souffres-tu pas de me voir abandonné ? Que veux-tu que je fasse, seul dans ce monde ? Maintenant que je vous ai perdus, toi et papa, qui me donnera à manger ? Où dormirai-je ? Qui me confectionnera une petite veste neuve ? Oh, il vaudrait mieux, cent fois mieux, que je meure aussi ! Oui, je veux mourir ! Bouh ! bouh ! bouh !

Sur ces entrefaites, un gros pigeon passa dans le ciel et, s'arrêtant en vol plané, cria de très haut :

— Dis-moi, petit, que fais-tu tout en bas ?

— Tu ne le vois pas ? Je pleure ! dit Pinocchio en relevant la tête et en essuyant ses yeux d'un revers de manche.

— Dis-moi, tu ne connaîtrais pas, par hasard, un pantin qui s'appelle Pinocchio ? ajouta alors le Pigeon.

— Pinocchio ? Tu as dit Pinocchio ? répéta le

pantin en se relevant d'un bond. Pinocchio, c'est moi !

À cette réponse, le Pigeon descendit très vite et se posa à terre. Il était plus gros qu'un dindon.

— Alors, tu dois connaître Geppetto ? demanda-t-il au pantin.

— Si je le connais ! C'est mon pauvre papa ! Il a dû te parler de moi ? Il est toujours vivant, au moins ? Réponds-moi, je t'en prie ! Il est toujours vivant ?

— Je l'ai laissé voici trois jours au bord de la mer.

— Que faisait-il ?

— Il fabriquait une petite barque pour traverser l'Océan. Le pauvre homme ! Voici quatre mois qu'il court le monde à ta recherche. Comme il n'a pas réussi à te trouver, il s'est mis en tête de te chercher dans les pays lointains du nouveau monde.

— Quelle distance y a-t-il d'ici au bord de la mer ? demanda Pinocchio avec une angoisse fébrile.

— Plus de mille kilomètres.

— Mille kilomètres ? Oh, mon Pigeon, ce serait beau si je pouvais avoir tes ailes !

— Si tu veux y aller, je t'emmène.

— Comment ?

— À califourchon sur mon dos. Es-tu très lourd ?

— Lourd ? Au contraire ! Je suis léger comme une feuille.

Pinocchio sauta à califourchon sur le dos du Pigeon et, comme un écuyer, il cria, tout joyeux :

— Galope, galope, petit cheval, car j'ai hâte d'arriver !

Le Pigeon prit son envol et monta si haut qu'il touchait presque les nuages.

Ils volèrent tout le jour. À l'approche du soir, le Pigeon dit :

— J'ai très soif !

— Et moi, très faim ! enchaîna Pinocchio.

— Arrêtons-nous un moment dans ce pigeonnier. Ensuite, nous reprendrons notre voyage.

Ils entrèrent dans un pigeonnier désert, où il n'y avait qu'une cuvette pleine d'eau et un petit panier rempli de graines de vesces.

Le pantin avait toujours eu les graines de vesces en horreur ; il prétendait qu'elles lui donnaient la nausée ; mais ce soir-là, il en mangea à s'en faire exploser le ventre, et, après les avoir finies, il se tourna vers le Pigeon et lui dit :

— Je n'aurais jamais cru que les vesces étaient si bonnes !

— Sois convaincu, mon garçon, répondit le

Pigeon, que lorsque la faim se fait vraiment sentir même les vesces deviennent délicieuses, s'il n'y a que ça à manger !

Après une rapide petite sieste, en avant ! ils se remirent en route. Le lendemain, ils arrivèrent au bord de la mer.

Le Pigeon déposa Pinocchio à terre et, comme il n'avait pas envie de se farcir des remerciements pour sa bonne action, il s'envola aussitôt et disparut.

Au bord de la mer, beaucoup de gens hurlaient et faisaient de grands gestes en regardant le large.

— Qu'est-ce qui se passe ? demanda Pinocchio à une petite vieille.

— Un pauvre papa qui a perdu son fils est monté dans une petite barque pour le chercher au-delà des mers. Mais la mer est démontée, aujourd'hui, et la barque est sur le point de chavirer...

— Où est-elle, la petite barque ?

— Là-bas, dit la vieille en désignant une barque qui, vue de si loin, avait l'air d'une coquille de noix avec un tout petit bonhomme dedans.

Pinocchio regarda attentivement, puis il poussa un hurlement suraigu :

— C'est mon papa ! C'est mon papa !

Pendant ce temps, la petite barque, ballottée

par les ondes déchaînées, tantôt disparaissait entre les énormes lames, tantôt recommençait à surnager. Et Pinocchio n'en finissait plus d'appeler son père, de lui faire de grands signes avec ses mains, son mouchoir, et même son bonnet.

Apparemment, Geppetto, même s'il était très loin du rivage, reconnut son fils. Car il ôta lui aussi son bonnet pour le saluer et, à force de gestes, il lui fit comprendre qu'il serait volontiers revenu en arrière, si l'océan démonté ne l'avait empêché de se rapprocher de la terre.

Soudain, un terrible paquet de mer l'engloutit, et la barque disparut. Ils attendirent que la barque reparaisse à la surface, mais on ne la revit pas.

— Pauvre homme ! dirent les pêcheurs amassés sur la rive.

C'est alors qu'ils entendirent un hurlement de désespoir. En se retournant, ils virent un petit garçon qui, du haut d'un rocher, se jetait à la mer en criant :

— Je veux sauver mon papa !

Pinocchio, comme il était en bois, flottait facilement et nageait comme un poisson. Tantôt, on le voyait disparaître sous l'eau, emporté par la violence des flots, et tantôt reparaître, très loin de la terre. Pour finir, ils le perdirent de vue et ne le revirent plus.

— Pauvre enfant ! dirent les pêcheurs, rassemblés sur la rive.

Et, marmonnant une prière, ils rentrèrent chez eux.

24

Pinocchio arrive dans l'île des Abeilles industrieuses et retrouve la Fée.

Pinocchio, animé par l'espoir de secourir à temps son pauvre papa, nagea la nuit entière.

Quelle horrible nuit ! Il plut à torrents, il grêla, il y eut des coups de tonnerre épouvantables et de tels éclairs qu'on se serait cru en plein jour.

À l'approche de l'aube, Pinocchio parvint à distinguer à peu de distance une île au milieu de la mer.

Alors, il tenta de toutes ses forces d'atteindre cette rive, mais les flots déchaînés se le renvoyaient tel un fétu de paille. Par chance, il vint enfin une lame si puissante qu'elle le jeta sur le sable.

Le choc fut rude et, au contact avec la terre, toutes ses côtes et ses articulations craquèrent. Mais il se consola tout de suite :

— Je l'ai encore échappé belle !

Peu à peu, le ciel redevint serein ; le soleil apparut dans toute sa splendeur et la mer devint calme et onctueuse comme de l'huile.

Alors, le pantin étendit ses habits au soleil pour les faire sécher, et il se mit à regarder autour de lui pour voir si, par hasard, il apercevait sur cette immense étendue d'eau une toute petite barque avec un tout petit bonhomme dedans. Mais il ne vit devant lui que le ciel, la mer, et une voile de navire, si loin qu'elle n'était pas plus grosse qu'une mouche.

— Si au moins je savais comment s'appelle cette île ! dit-il. Si au moins je savais si cette île est habitée par des gens bien qui n'ont pas la mauvaise habitude de pendre les enfants aux branches des arbres. Mais à qui pourrais-je le demander, puisqu'il n'y a personne ?

Cette idée d'être seul, tout seul, au milieu de ce grand pays inhabité le rendit si mélancolique qu'il se sentit sur le point de pleurer. Tout à coup, il vit passer non loin du rivage un gros poisson qui s'en allait tranquillement à ses affaires.

Le pantin lui cria très fort, pour se faire entendre :

— Ohé, monsicur le poisson, puis-je vous dire un mot ?

— Et même deux, répondit le poisson, qui était un dauphin très aimable.

— Pourriez-vous me dire, s'il vous plaît, si, dans cette île, il se trouve des villages où l'on peut manger sans risquer de se faire manger ?

— Je suis sûr que oui, répondit le Dauphin. Tu en trouveras même un tout près d'ici.

— Et quelle route prend-on pour y arriver ?

— Tu dois suivre ce petit sentier, là, à gauche, en marchant tout droit. Tu ne peux pas te tromper.

— Autre chose, s'il vous plaît. Vous qui vous promenez jour et nuit sur la mer, auriez-vous rencontré, par hasard, une toute petite barque avec mon papa dedans ?

— Avec la tempête qu'il y a eue cette nuit, répondit le Dauphin, la petite barque a sûrement coulé.

— Et mon papa ?

— À cette heure, il a sûrement été englouti par

le terrible Requin qui répand la mort et la désolation dans nos eaux depuis plusieurs jours.

— Est-ce qu'il est très gros, ce Requin ?

— S'il est gros ! répliqua le Dauphin. Pour t'en donner une idée, je dirai qu'il est plus gros qu'une maison de cinq étages, et sa bouche est si large et si profonde qu'un train y passerait à l'aise avec tous ses wagons.

— *Mamma mia !* cria le pantin, épouvanté.

Se rhabillant avec frénésie, il dit au Dauphin :

— Au revoir, monsieur le poisson ! Excusez-moi du dérangement, et mille mercis pour votre amabilité.

Là-dessus, il se hâta de prendre le sentier, en marchant si vite qu'il semblait courir. Au plus léger bruit, il regardait derrière lui de peur d'être suivi par le terrible Requin.

Après une demi-heure de marche, il arriva dans un petit pays, appelé le pays des Abeilles industrieuses. Les rues fourmillaient de gens qui s'activaient de toutes parts : tous travaillaient, tous avaient quelque chose à faire.

— C'est tout vu, dit ce fainéant de Pinocchio. Cet endroit n'est pas pour moi ! Je ne suis pas fait pour travailler !

Cependant, la faim le tourmentait, car il y avait

maintenant plus de vingt-quatre heures qu'il n'avait mangé.

Que faire ?

Il n'avait que deux moyens pour déjeuner : chercher du travail ; ou demander l'aumône.

Mendier, il en avait honte : son papa lui avait enseigné que seuls les vieux et les infirmes ont le droit de demander la charité. Tous les autres doivent travailler : s'ils ne travaillent pas et qu'ils ont faim, tant pis pour eux.

Sur ces entrefaites, passa sur le chemin un homme haletant et épuisé, qui tirait tout seul deux charrettes de charbon.

Pinocchio l'aborda en murmurant, les yeux baissés de honte :

— Pourriez-vous me donner un sou, par charité, car je meurs de faim.

— Je t'en donne même quatre, répondit le charbonnier, si tu m'aides à tirer ces deux charrettes de charbon.

— C'est un comble ! répliqua le pantin, presque scandalisé. Sachez que je n'ai jamais fait l'âne : je n'ai jamais tiré de charrette !

— Tant mieux pour toi ! répondit le charbonnier. Eh bien, mange donc deux belles tranches de ta prétention, et gare à l'indigestion !

Quelques minutes après, passa sur le chemin

un maçon, qui portait sur ses épaules une hotte de chaux.

— Pourriez-vous, monsieur, donner un sou à un pauvre garçon qui bâille de faim ?

— Aide-moi à porter la chaux, répondit le maçon, et ce n'est pas un sou que je te donnerai, mais cinq.

— La chaux, c'est lourd, répliqua Pinocchio, et je ne veux pas me fatiguer, moi.

— Eh bien, amuse-toi à bâiller, et grand bien te fasse !

En une demi-heure, vingt personnes passèrent ; et Pinocchio leur demanda à toutes la charité. Mais toutes lui répondirent :

— Tu n'as pas honte ! Au lieu de traînasser à ne rien faire, cherche du travail, et apprends à gagner ta vie !

Finalement, passa une douce dame qui portait deux cruches d'eau.

— Vous permettez, douce dame, que je boive une gorgée d'eau ? dit Pinocchio, qui était mort de soif.

— Vas-y, bois, mon garçon ! dit la dame en posant à terre les deux cruches.

Quand Pinocchio eut bu comme une éponge, il murmura en s'essuyant la bouche :

— J'ai étanché ma soif ! Ah, si je pouvais aussi facilement assouvir ma faim !

La jolie dame enchaîna aussitôt :

— Si tu m'aides à porter chez moi ces cruches d'eau, je te donnerai un beau morceau de pain.

Pinocchio regarda la cruche, et ne répondit ni oui ni non.

— Avec le pain, je te donnerai une belle assiettée de chou-fleur à la vinaigrette, ajouta la douce dame.

Pinocchio jeta encore un coup d'œil sur la cruche, et ne répondit ni oui ni non.

— Après le chou-fleur, je te donnerai un beau fondant à la liqueur de roses.

Pinocchio ne résista pas à l'attrait de cette ultime friandise, et, prenant son courage à deux mains, il dit :

— Puisque c'est comme ça ! Je porterai la cruche jusqu'à votre maison !

La cruche était très lourde, et le pantin, qui n'avait pas la force de la porter à bout de bras, se résigna à la porter sur sa tête.

Une fois chez elle, la jolie dame fit asseoir Pinocchio devant une petite table où le couvert était mis, et disposa devant lui le pain, le chou-fleur assaisonné et le fondant.

Pinocchio ne mangea pas : il engloutit.

Les morsures enragées de la faim s'étant un peu calmées, il releva la tête pour remercier sa bienfaitrice. Il avait à peine commencé à la regarder qu'il lâcha un interminable « Ooooh ! » d'étonnement ; et il resta comme ensorcelé.

— Pourquoi fais-tu cette tête ahurie ? dit en riant la jolie dame.

— C'est que..., balbutia Pinocchio, c'est que... vous ressemblez à... Oui, oui, oui, c'est la même voix, les mêmes yeux, les mêmes cheveux... Oui, oui, oui, vous avez vous aussi des cheveux bleu outremer... comme elle ! Oh, ma Petite Fée chérie ! Dites-moi que c'est bien vous ! Oh, si vous saviez comme j'ai pleuré ! J'ai eu tant de peine !

En parlant ainsi, Pinocchio pleurait à chaudes larmes, et, s'étant jeté à genoux, il étreignait les genoux de la douce dame mystérieuse.

25

Pinocchio promet à la Fée d'être sage et d'étudier, car il en a assez d'être un pantin et veut devenir un bon petit garçon.

La douce dame affirma d'abord qu'elle n'était pas la Petite Fée aux cheveux bleu outremer. Mais comme elle était découverte, elle se fit connaître, et demanda à Pinocchio :

— Petit voyou de pantin ! Comment as-tu su que c'était moi ?

— C'est le grand amour que j'ai pour vous qui me l'a dit.

— Tu te rappelles ? Tu m'as quittée petite fille

et maintenant, tu me retrouves femme ; tellement femme que je pourrais être ta maman.

— Je suis très heureux : comme ça, au lieu de « petite sœur », je vous appellerai « ma maman ». Il y a si longtemps que je désire avoir une maman comme tous les autres petits garçons ! Dites, comment avez-vous fait pour grandir si vite ?

— C'est un secret.

— Apprenez-le-moi : j'aimerais bien grandir un peu, moi aussi.

— Tu ne peux pas grandir, répliqua la Fée.

— Pourquoi ?

— Parce que les pantins ne grandissent jamais. Ils naissent pantins, vivent pantins, et meurent pantins.

— Oh, j'en ai marre d'être tout le temps un pantin ! cria Pinocchio. Il serait temps que je devienne un homme !

— Tu le deviendras, si tu sais le mériter...

— C'est vrai ? Et que puis-je faire pour le mériter ?

— Une chose très facile : devenir un petit garçon bien sage.

— Parce que je ne le suis pas ?

— Certes non ! Les bons petits garçons sont obéissants, et toi...

— Et moi, je n'obéis jamais.

— Les bons petits garçons ne disent que la vérité...

— Et moi, que des mensonges.

— Les bons petits garçons vont volontiers à l'école...

— Et moi, l'école me rend malade. Mais, à partir d'aujourd'hui, je veux changer de vie.

— Tu me le promets ?

— Je le promets. Je veux devenir un bon petit garçon, et être la consolation de mon papa... Où peut-il bien être, mon papa, en ce moment ? Est-ce que j'aurai un jour la chance de le revoir et de l'embrasser ?

— Je crois que oui : j'en suis même sûre.

Pinocchio fut si heureux de cette réponse qu'il saisit les mains de la Fée et les embrassa. Puis, la regardant avec amour, il lui demanda :

— Dis, petite maman : alors comme ça, ce n'est pas vrai que tu étais morte ?

— Apparemment non, répondit en souriant la Fée.

— Si tu savais comme j'ai eu du chagrin et le cœur gros quand j'ai lu : « *Ci-gît...* »

— Je sais. Et c'est pour cela que je t'ai pardonné. La sincérité de ton chagrin m'a appris que tu avais bon cœur, et quand les petits garçons ont bon cœur, on peut toujours espérer qu'ils rentreront dans le droit chemin. Voilà pourquoi je suis venue te chercher jusqu'ici. Je serai ta maman...

— Oh, que c'est beau ! cria Pinocchio en sautant de joie.

— Tu m'obéiras et tu feras toujours ce que je te dirai.

— Oui, oui, oui !

— À partir de demain, continua la Fée, tu commenceras par aller à l'école.

Pinocchio devint aussitôt un peu moins joyeux.

— Et puis tu choisiras un métier à ton goût...

Pinocchio devint grave.

— Que marmonnes-tu entre tes dents ? demanda la Fée d'un ton fâché.

— Je disais, geignit le pantin, que pour aller à l'école, c'est un peu tard...

— Pas du tout ! Il n'est jamais trop tard pour s'instruire et pour étudier.

— Mais je ne veux pas avoir un métier, moi.

— Pourquoi ?

— Parce que le travail, c'est fatigant...

— Mon garçon, dit la Fée, ceux qui parlent ainsi finissent toujours en prison ou à l'hôpital.

Ces mots réveillèrent le courage de Pinocchio. Il se redressa avec vivacité et dit à la Fée :

— J'étudierai, je travaillerai, je ferai tout ce que tu me diras. Je ne supporte plus la vie de pantin !

Je veux devenir un petit garçon. Tu me l'as promis, n'est-ce pas ?

— Je te l'ai promis, et maintenant c'est à toi de jouer.

26

Pinocchio va au bord de la mer avec ses camarades d'école, pour voir le terrible Requin.

Le lendemain, Pinocchio alla à l'école communale.

Imaginez ces coquins de petits garçons quand ils virent dans leur école un pantin ! Ce fut un éclat de rire à n'en plus finir. L'un lui ôta son bonnet des mains ; l'autre lui tira son tablier par derrière ; un troisième essaya de dessiner à l'encre deux grosses moustaches sous son nez, et même de lui attacher des fils aux mains et aux pieds pour le faire danser.

Au début, Pinocchio tint bon et fit l'indifférent. Mais, à bout de patience, il s'en prit à ceux qui le tourmentaient et le ridiculisaient, et leur dit d'un air mauvais :

— Gare à vous ! Je ne suis pas votre bouffon. Je respecte les autres, moi, et je veux être respecté.

— Bravo, diablotin ! Tu parles comme un livre imprimé ! hurlèrent ces garnements en se tordant de rire.

Et l'un d'eux, plus insolent que les autres, allongea le bras pour saisir le pantin par le bout du nez.

Mais il ne fut pas assez rapide. Pinocchio lui décocha un coup de pied dans le tibia.

— Aïe ! Il a les pieds drôlement durs ! hurla le garçon en massant le bleu que lui avait fait le pantin.

— Et les coudes encore plus durs ! dit un autre garçon à qui ses grossières plaisanteries avaient valu un coup de coude dans l'estomac.

En tout cas, après ce coup de pied et ce coup de coude, Pinocchio conquit l'estime et la sympathie de tous les garçons de l'école.

Même le maître le félicitait, car il était attentif, studieux, intelligent, toujours le premier à arriver et le dernier à partir.

Il n'avait qu'un défaut, qui était d'avoir trop de

fréquentations. Et parmi ses camarades d'école, il y avait beaucoup de petits voyous qui n'avaient aucun goût pour l'étude.

Le maître mettait Pinocchio en garde, et la bonne Fée elle-même ne manquait pas de lui répéter :

— Attention, Pinocchio ! Tes coquins de camarades finiront par t'attirer de graves ennuis.

— Pas de danger ! répondait le pantin en tapotant son front avec son index, l'air de dire : « Il y en a, là-dedans ! »

Or, un jour qu'il allait à l'école, il rencontra un groupe de camarades qui lui dirent :

— Dans la mer tout près d'ici, il est arrivé un Requin aussi gros qu'une montagne.

— C'est vrai ? Si ça se trouve, c'est le même Requin que quand mon pauvre papa s'est noyé ?

— Nous allons au bord de la mer pour le voir. Tu viens aussi ?

— Non. Moi, je veux aller à l'école.

— L'école ? On ira demain. Ce n'est pas une leçon de plus ou de moins qui nous empêchera d'être des ânes.

— Et le maître, qu'est-ce qu'il dira ?

— Il peut toujours causer ! On le paie pour rouspéter toute la journée.

— Et ma maman ?

— Les mamans ne sont jamais au courant de rien, répondirent ces vauriens.

— Vous savez ce que je vais faire ? dit Pinocchio. J'ai mes raisons pour voir le Requin... mais j'irai après l'école.

— Pauvre débile ! répondit un garçon de la bande. Tu t'imagines qu'un poisson aussi gros va t'attendre ? Dès qu'il s'ennuiera, il ira voir ailleurs, et tu pourras toujours courir !

— Combien de temps faut-il pour aller au bord de la mer ? demanda le pantin.

— Dans une heure, on aura fait l'aller-retour.

— Alors, en avant ! Celui qui court le plus vite est le meilleur ! cria Pinocchio.

Le signal du départ étant ainsi donné, ces garnements se mirent à filer à travers champs, leurs livres et leurs cahiers sous le bras. Pinocchio les devançait tous : on aurait dit qu'il avait des pieds ailés.

De temps à autre, il se retournait pour se moquer de ses camarades à la traîne, et, en les voyant haleter, essoufflés, poussiéreux, la langue bien pendante, il riait de bon cœur. Le malheureux ne savait pas alors les affreux malheurs qui l'attendaient !

27

Grande bagarre entre Pinocchio et ses camarades : l'un d'eux étant blessé, Pinocchio est arrêté par les carabiniers.

Dès qu'il fut au bord de la mer, Pinocchio balaya les flots du regard, mais il ne vit pas de Requin. La mer était lisse comme un grand miroir.

— Où il est, ce Requin ? demanda-t-il à ses camarades d'école.

— Il a dû aller déjeuner, rigola l'un d'eux.

— Ou il s'est mis au lit pour piquer un roupillon, ajouta un autre, riant de plus belle.

À ces réponses absurdes et ces gros rires idiots,

Pinocchio comprit que ses camarades lui avaient joué un tour. Vexé, il leur lança avec colère :

— Vous trouvez ça drôle de m'avoir fait marcher avec votre stupide histoire de Requin ?

— Très drôle ! répondirent en chœur les petits voyous.

— Pourquoi ?

— Parce que tu as manqué l'école pour nous suivre. Tu n'as pas honte d'être aussi bon élève ? Tu dois détester toi aussi l'école, les leçons et le maître, nos trois grands ennemis.

— Et si j'ai envie de continuer à étudier ?

— On ne t'adressera plus la parole, et à la première occasion, tu nous paieras ça !

— Franchement, je vous trouve presque comiques, dit le pantin en hochant la tête.

— Dis donc, Pinocchio ! cria alors le plus grand, lui parlant sous le nez. Ne fais pas le petit coq ! Si tu n'as pas peur de nous, on n'a pas peur de toi non plus ! Tu es seul, je te rappelle, et nous, nous sommes sept.

— Sept comme les péchés capitaux, s'esclaffa Pinocchio.

— Vous avez entendu ? Il nous insulte ! Il nous traite de péchés capitaux !

— Pinocchio, demande pardon pour cette injure, ou tu le paieras !

— Taratata ! fit le pantin en donnant de petits coups d'index sous son nez en signe de moquerie.

— Pinocchio, tu vas prendre une dérouillée !

— Taratata !

— Tu rentreras chez toi avec le nez cassé !

— Taratata !

— Je vais t'en donner, du taratata ! cria le plus hardi de ces petits voyous. Tiens, prends ça, tu l'auras pour ton repas de ce soir.

Et il lui flanqua un coup en pleine tête.

Ce fut, comme on dit, une réplique du tac au tac : le pantin répondit par un autre coup de poing, et la bagarre devint générale.

Pinocchio était seul, mais il se démenait si bien qu'il tenait ses ennemis à distance respectueuse. Partout où ses pieds frappaient, ils laissaient toujours un bleu en souvenir.

Alors, les garçons, énervés de ne pas pouvoir se battre corps à corps, passèrent aux projectiles : ils lancèrent contre Pinocchio leurs abécédaires, leurs grammaires et autres manuels. Mais le pantin, qui avait l'œil vif, réussissait toujours à les éviter, si bien que les volumes, filant au-dessus de sa tête, échouaient dans la mer.

Imaginez les poissons ! Croyant que les livres étaient bons à manger, ils se précipitaient ; mais, après avoir mordu une page, ils les recrachaient avec une grimace, comme pour dire : « C'est indigne de nous : nous sommes habitués à manger mieux ! »

Entre-temps, les garçons, qui avaient épuisé leur stock de manuels, avisèrent non loin le paquet de livres du pantin, et s'en emparèrent en un clin d'œil.

Il y avait, parmi ces livres, un volume relié en carton fort, avec un dos et des coins en parchemin. C'était un *Traité d'arithmétique*.

Un des garnements le saisit, et le lança de toutes ses forces. Mais, au lieu d'atteindre le pantin, il atteignit la tête d'un camarade d'école. Celui-ci devint blanc comme un linge, et ne dit que ces mots :

— Oh, ma maman, aidez-moi, car je meurs !

Puis il tomba de tout son long sur le sable.

À la vue de ce petit mort, les garçons, épouvantés, décampèrent.

Pinocchio resta là, lui, même s'il se sentait plus mort que vif de chagrin et de peur. Il courut tout de même tremper son mouchoir dans l'eau, puis tamponna la tempe de son pauvre camarade, tout en pleurant à chaudes larmes et en se désespérant :

— Eugenio ! Mon pauvre Eugenio ! Ouvre les yeux, regarde-moi ! Pourquoi ne réponds-tu pas ? Ce n'est pas moi qui t'ai fait si mal, je t'assure ! Ouvre les yeux, Eugenio ! Si tu gardes les yeux fermés, j'en mourrai aussi... Oh, mon Dieu ! comment pourrai-je rentrer à la maison, maintenant ? Comment aurai-je le courage de me présenter devant ma gentille maman ? Oh, il aurait mieux valu, cent fois mieux, que j'aille à l'école ! Le maître m'avait prévenu, pourtant ! Et ma maman me l'avait répété : méfie-toi des mauvais camarades ! Mais je suis une tête de mule... je laisse dire, et je n'en fais qu'à ma tête ! Et après, c'est à moi de payer... Oh, mon dieu ! Que vais-je devenir, que vais-je devenir, que vais-je devenir ?

Pinocchio continuait à pleurer, à se lamenter, à se marteler la tête de coups de poing, et à appeler le pauvre Eugenio, quand, soudain, il entendit un bruit de pas.

Il se retourna : c'étaient deux carabiniers.

— Que fais-tu donc couché par terre ? demandèrent ceux-ci à Pinocchio.

— Je soigne mon camarade.

— Il s'est senti mal ?

— Oui, on dirait !

— Je pense bien qu'il se sent mal ! dit un des carabiniers en se baissant pour examiner de près Eugenio. Ce garçon est blessé à la tempe. Qui l'a blessé ?

— Pas moi, balbutia le pantin.

— Si ce n'est pas toi, qui l'a blessé, alors ?

— Pas moi, répéta Pinocchio.

— Avec quoi l'a-t-on blessé ?

— Avec ce livre.

Et le pantin ramassa le *Traité d'arithmétique* pour le montrer aux carabiniers.

— Et il est à qui, ce livre ?

— À moi.

— Très bien, nous en savons assez. Relève-toi immédiatement et suis-nous.

— Mais je suis innocent...

— Suis-nous !

Avant de partir, les carabiniers appelèrent des pêcheurs qui passaient en barque près de la côte, et leur dirent :

— Nous vous confions cet enfant blessé à la tête. Occupez-vous de lui. Demain, nous reviendrons le voir.

Puis ils se tournèrent vers Pinocchio et, après l'avoir placé entre eux, ils lui ordonnèrent d'un ton militaire :

— En avant, marche ! Et d'un bon pas ! Sinon, tu t'en repentiras !

Le pantin n'osa plus protester, et avança sur le sentier qui menait au village. Il avait l'impression de rêver, et quel cauchemar ! Il voyait double ;

ses jambes tremblaient ; sa langue, collée à son palais, ne pouvait plus articuler un son. Pourtant, dans cette espèce d'abrutissement, une épine acérée lui perçait le cœur : l'idée de passer sous les fenêtres de sa bonne Fée entre deux carabiniers. Il aurait préféré mourir !

Alors qu'ils étaient sur le point d'entrer dans le village, une grosse rafale de vent emporta le bonnet de Pinocchio à dix pas.

— Vous permettez, dit le pantin aux carabiniers, que j'aille reprendre mon bonnet ?

— Vas-y, mais fissa.

Le pantin alla ramasser son bonnet, mais, au lieu de le remettre sur sa tête... il le prit entre ses dents, et se mit à courir à toutes jambes vers la mer. Il filait comme une balle de fusil.

Les carabiniers, jugeant difficile de le rattraper, lancèrent à ses trousses un gros chien. Pinocchio courait ; le chien courait de plus belle ; si bien que les gens se montraient à leurs fenêtres et s'agglutinaient en pleine rue, curieux de voir l'issue de cette féroce cavalcade. Ils ne purent pas satisfaire leur désir : le chien et Pinocchio soulevèrent sur la route un si gros nuage de poussière qu'au bout de quelques minutes, il fut impossible de voir quoi que ce fût.

28

Pinocchio est en danger d'être frit à la poêle, comme un poisson.

Pendant cette course désespérée, il y eut un moment terrible où Pinocchio se crut perdu : car Alidor (tel était le nom du chien) l'avait presque rattrapé. Le pantin sentait sur lui le souffle brûlant de son haleine.

Par chance, le rivage était maintenant proche et on apercevait la mer.

Dès qu'il fut sur la rive, le pantin fit un grand bond, et atterrit au beau milieu de l'eau. Alidor, lui, voulut s'arrêter. Mais, emporté par l'élan de sa course, il entra lui aussi dans l'eau. Le pauvre ne savait pas nager ; il se débattit pour remonter à la surface, mais, plus il agitait ses pattes, et plus il s'enfonçait.

Quand il réussit à remettre la tête hors de l'eau, le pauvre chien roula des yeux terrorisés et aboya :

— Je me noie ! Je me noie !

— Crève ! lui répondit de loin Pinocchio, qui se voyait à l'abri du danger.

— Aide-moi, mon Pinocchio ! Sauve-moi de la mort !

À ces cris déchirants, le pantin qui, au fond, avait un excellent cœur, fut pris de compassion. Il dit au chien :

— Si je t'aide, tu promets de ne plus m'embêter et de ne pas me courir après ?

— Je te le promets ! Je te le promets ! Dépêche-toi, par pitié !

Pinocchio hésita. Mais son papa lui avait répété souvent qu'on ne regrette jamais une bonne action. Alors, il rejoignit Alidor à la nage, le saisit à deux mains par la queue, et le tira sain et sauf sur le sable sec.

Le pauvre chien ne pouvait plus tenir debout. Il avait avalé malgré lui tant d'eau salée qu'il était gonflé comme un ballon. Cependant, le pantin jugea plus prudent de se jeter de nouveau à la mer ; s'éloignant de la rive, il cria à son ami sauvé :

— Adieu, Alidor ! Bon voyage, et bien le bonjour chez toi !

— Adieu, Pinocchio ! répondit le chien. Mille mercis de m'avoir sauvé de la mort. Tu m'as rendu un grand service et, en ce bas monde, c'est un reçu pour un rendu. Si l'occasion se présente, nous nous reparlerons.

Pinocchio continua à nager, en restant près de la côte. Enfin, il vit sur les récifs une sorte de grotte, d'où sortait un haut panache de fumée.

— Il doit y avoir du feu dans cette grotte, se dit-il. Tant mieux ! Je me sécherai et me réchaufferai. Et après ? Après, il arrivera ce qui arrivera.

Ayant pris cette décision, il s'approcha du récif. Mais, alors qu'il allait l'escalader, il sentit quelque chose qui montait sous l'eau, et le soulevait en l'air. Il essaya de fuir, mais c'était déjà trop tard : il se trouvait pris dans un gros filet où pullulaient des poissons qui se débattaient comme des âmes au désespoir.

Au même moment, il vit sortir de la grotte un pêcheur horriblement laid. Au lieu de cheveux, il avait sur la tête un épais buisson d'herbe verte ; verte était la peau de son corps, verts ses yeux, verte sa très longue barbe qui n'en finissait pas.

On aurait dit un gros lézard vert dressé sur ses pattes de derrière.

Quand le pêcheur eut tiré le filet hors de l'eau, il cria, tout réjoui :

— Bénie soit la providence ! Aujourd'hui aussi, je pourrai m'empiffrer de poissons !

— C'est une chance que je ne sois pas un poisson ! se dit Pinocchio, reprenant un peu courage.

Le filet plein fut emporté dans la grotte sombre et enfumée, où était en train de frire une grande poêlée d'huile, qui répandait une vilaine odeur de roussi.

— Voyons un peu ce que nous avons pris ! dit le pêcheur vert.

Plongeant dans le filet son énorme main, il tira une poignée de rougets.

— Bons, ces rougets ! dit-il en les regardant et en les reniflant avec satisfaction.

Après les avoir sentis, il les expédia dans une bassine sans eau.

Il répéta à plusieurs reprises cette opération, et, à mesure qu'il sortait les autres poissons, il lui venait l'eau à la bouche, et il jubilait :

— Bons, ces merlans !

— Exquis, ces mulets !

— Délicieuses, ces soles !

— Excellentes, ces araignées !

— Mignons, ces anchois avec leur tête !

Comme vous pouvez l'imaginer, les merlans, les mulets, les soles, les araignées et les anchois échouèrent pêle-mêle dans la bassine, pour tenir compagnie aux rougets.

Le dernier qui resta dans le filet fut Pinocchio.

Dès que le pêcheur l'en eut sorti, il écarquilla d'ébahissement ses énormes yeux verts, en criant presque avec effroi :

— Mais qu'est-ce que c'est ? Un poisson pareil, je ne me souviens pas d'en avoir mangé !

Et il l'examina attentivement sous toutes les coutures.

— Je comprends, finit-il par dire. Ce doit être un crabe de mer.

Pinocchio, vexé, dit d'un ton irrité :

— Mais qui vous parle de crabe ? Surveillez vos manières ! Sachez que je suis un pantin.

— Un pantin ? répondit le pêcheur. J'avoue que le poisson-pantin est une nouveauté pour moi ! Tant mieux ! Je te mangerai avec plus de plaisir.

— Me manger ? Mais vous allez comprendre que je ne suis pas un poisson, à la fin ? Vous n'entendez pas que je parle et raisonne comme vous ?

— C'est très vrai, ajouta le pêcheur, et puisque

que tu as la chance de parler et de raisonner comme moi, en signe d'amitié et d'estime particulière, je te permets de choisir la façon dont tu veux être cuisiné. Désires-tu être frit à la poêle, ou cuit à la marmite avec de la sauce tomate ?

— Pour dire la vérité, répondit Pinocchio, j'aimerais mieux être libéré, pour rentrer chez moi.

— Tu veux rire ! Tu t'imagines que je vais manquer l'occasion de goûter un poisson aussi rare ? Ce n'est pas tous les jours qu'on tombe sur un poisson-pantin dans ces eaux. Je te frirai à la poêle avec les autres poissons, et tu en seras ravi. C'est toujours une consolation de ne pas frire tout seul.

À ces mots, le malheureux Pinocchio se mit à pleurer, à crier, à implorer.

Parce qu'il se débattait comme une anguille en faisant des efforts inouïs pour échapper aux griffes du pêcheur vert, celui-ci prit une belle tige de jonc et, lui ligotant les mains et les pieds tel un saucisson, il le jeta au fond de la bassine avec les autres.

Puis, ayant sorti un vieux bac en bois plein de farine, il farina tous les poissons. À mesure qu'il les farinait, il les jetait dans la friture.

Les premiers à valser dans l'huile bouillante

furent les pauvres merlans ; puis ce furent les araignées qui y passèrent, et les mulets, et les soles, et les anchois, et vint le tour de Pinocchio. En se voyant si près de la mort (et quelle horrible mort !) il fut pris d'une telle épouvante qu'il n'avait plus ni voix ni souffle pour implorer.

Le pauvre enfant suppliait du regard ! Mais le pêcheur vert le retourna cinq ou six fois de la tête aux pieds dans la farine, tant et si bien qu'il semblait changé en pantin de plâtre.

Puis il le saisit par la tête, et...

[illegible] qu'il [illegible] et les [illegible] sur ses [illegible], et [illegible] [illegible] la mort [illegible] horrible [illegible] d'une [illegible] épouvante qu'il n'ayant plus ni voix ni souffle pour implorer.

Le pauvre enfant suppliait du regard. Mais le pêcheur [illegible] cinq ou six fois de la tête aux pieds dans la [illegible], tant et si bien qu'il [illegible] [illegible] de plainte.

Enfin il le saisit par la tête, et...

29

Pinocchio retourne à la maison de la Fée, qui lui promet que le lendemain, il ne sera plus un pantin mais deviendra un petit garçon. Petit déjeuner géant de café au lait pour fêter ce grand événement.

À l'instant où le pêcheur allait jeter Pinocchio dans la poêle, un gros chien, attiré par l'odeur pénétrante et alléchante de la friture, entra dans la grotte.

— Ouste, va-t'en ! lui cria le pêcheur, menaçant, sans lâcher le pantin enfariné.

Mais le pauvre chien avait une faim de loup,

et, aboyant plaintivement et remuant la queue, il semblait dire :

— Donne-moi un chouïa de friture, et je te laisserai tranquille.

— Va-t'en, je te dis ! lui répéta le pêcheur.

Et il allongea la jambe pour lui flanquer un coup de pied.

Alors, le chien, qui, quand il avait vraiment faim, n'était pas du genre à tolérer qu'on lui chatouille la truffe, se retourna en grondant contre le pêcheur, en découvrant ses terribles crocs.

À ce moment-là, on entendit dans la grotte une petite voix faiblelette :

— Sauve-moi, Alidor ! Si tu ne me sauves pas, je suis frit !

Le chien reconnut aussitôt la voix de Pinocchio, et il s'aperçut avec stupeur que la petite voix était sortie du paquet enfariné que tenait le pêcheur.

Que fait-il alors ? Il s'élance, attrape avec les dents le paquet enfariné et, le tenant avec délicatesse, il sort en courant de la grotte et file comme l'éclair !

Le pêcheur, furieux, essaya de rattraper le chien ; mais, au bout de quelques pas, il fut pris d'une quinte de toux qui le contraignit à revenir en arrière.

Entre-temps, Alidor avait retrouvé le sentier menant au village. Il s'arrêta et posa doucement à terre son ami Pinocchio.

— Je ne te remercierai jamais assez ! dit le pantin.

— Il n'y a pas de quoi, répondit le chien. Tu m'as sauvé la vie toi aussi, et c'est un reçu pour un rendu. En ce bas monde, nous devons nous aider les uns les autres.

— Mais comment se fait-il que tu sois arrivé dans cette grotte ?

— J'étais allongé sur le sable, lorsque le vent m'a apporté une odeur de friture. Ce fumet m'a aiguisé l'appétit, et je l'ai suivi. Si j'étais arrivé une seconde plus tard !

— Ne m'en parle pas ! hurla Pinocchio, qui tremblait encore de peur. Si tu étais arrivé une seconde plus tard, je serais bel et bien frit, mangé et digéré. Brrr !

Alidor, rieur, tendit sa patte droite au pantin, qui la lui serra bien fort, en signe de grande amitié. Ensuite, ils se séparèrent.

Le chien reprit le chemin de sa maison ; et Pinocchio, resté seul, alla jusqu'à une cabane proche, pour demander au petit vieux qui se chauffait au soleil sur le pas de la porte :

— Dites, mon bon monsieur, avez-vous des

nouvelles d'un pauvre garçon blessé à la tête qui s'appelait Eugenio ?

— Des pêcheurs ont apporté ce garçon dans cette cabane, et maintenant...

— Maintenant, il est mort ! l'interrompit Pinocchio avec un grand chagrin.

— Non, il est vivant, et il est rentré chez lui.

— C'est vrai, c'est bien vrai ? s'écria le pantin en sautant de joie. Alors, sa blessure n'était pas grave ?

— Elle aurait pu s'avérer très grave, et même mortelle, répondit le petit vieux, car on lui avait jeté à la tête un gros livre relié en carton.

— Qui le lui avait jeté ?

— Un de ses camarades d'école : un certain Pinocchio...

— Et ce Pinocchio, qui est-ce ? demanda le pantin, faisant l'ignorant.

— On dit que c'est un mauvais garçon, un vagabond, un vrai casse-cou...

— Mensonges ! Rien que des mensonges !

— Tu le connais, toi, ce Pinocchio ?

— De vue ! répondit le pantin.

— Et que penses-tu de lui ? demanda le petit vieux.

— Je trouve que c'est vraiment un bon fils,

travailleur, obéissant, attaché à son père et à sa famille...

Tout en débitant tranquillement ces mensonges, le pantin se toucha le nez, et s'aperçut qu'il s'était allongé d'au moins vingt centimètres. Épouvanté, il se mit à crier :

— Ne croyez pas, mon bon monsieur, tout le bien que je vous en ai dit ! Je connais Pinocchio, et c'est un méchant garçon, désobéissant, paresseux, qui fait les quatre cents coups au lieu d'aller à l'école !

Dès qu'il eut prononcé ces mots, son nez raccourcit et retrouva sa taille normale.

— Pourquoi es-tu tout blanc ? demanda soudain le petit vieux.

— Eh bien, sans le faire exprès, je me suis frotté contre un mur qui venait d'être blanchi, répondit le pantin, honteux d'avouer qu'on l'avait enfariné comme un poisson pour le frire à la poêle.

— Et qu'as-tu fait de ta veste, ta culotte et ton bonnet ?

— Je suis tombé sur des voleurs qui m'ont pris mes habits. Dites, gentil vieux monsieur, vous n'auriez pas un petit quelque chose à me donner pour que je m'habille et que je puisse rentrer chez moi ?

— Mon garçon, je n'ai qu'un petit sac où je garde les graines de lupin. Si tu le veux, prends-le : il est là.

Pinocchio ne se le fit pas dire deux fois : il prit le sac de lupins, qui était vide, et, après avoir découpé aux ciseaux un trou au fond et deux autres sur les côtés, il l'enfila comme une chemise. Avec ce presque rien sur le dos, il se dirigea vers le village.

Mais il ne se sentait pas tranquille : il faisait tantôt un pas en avant, tantôt un pas en arrière, et, parlant tout seul, il disait :

— Comment oserai-je me présenter devant ma bonne Petite Fée ? Que dira-t-elle quand elle me verra ? Me pardonnera-t-elle ? Je parie qu'elle ne me pardonnera pas ! Oh, non, c'est sûr, elle ne me pardonnera pas !

Quand il arriva au village, il faisait nuit noire. Comme il pleuvait des cordes, il alla droit à la maison de la Fée. Mais quand il y fut, il sentit le courage lui manquer : au lieu de frapper, il s'éloigna en courant à une vingtaine de pas. Puis il revint, il saisit en tremblant le heurtoir en fer, et frappa un tout petit coup.

Au bout d'une bonne demi-heure, une fenêtre du dernier étage s'ouvrit (la maison avait quatre étages), et Pinocchio vit apparaître une grosse limace avec une petite lueur sur la tête, qui lui dit :

— Qui frappe à une heure pareille ?

— La Fée est à la maison ? demanda le pantin.

— La Fée dort et ne veut pas être réveillée. Mais toi, qui es-tu ?

— C'est moi !

— Qui ça, moi ?

— Pinocchio.

— Qui ça, Pinocchio ?

— Le pantin, celui qui habite ici avec la Fée.

— Ah ! je comprends, dit la Limace. Attends-moi, je descends t'ouvrir tout de suite.

— Dépêchez-vous, par pitié, je crève de froid.

— Mon garçon, je suis une limace, et les limaces ne sont jamais pressées.

Et la fenêtre se referma.

Un peu après, minuit sonna ; puis la première heure ; puis deux heures après minuit ; et la porte était toujours fermée.

Alors, Pinocchio, à bout de patience, saisit avec rage le heurtoir pour frapper un coup à faire trembler les murs. Mais le heurtoir en fer se transforma soudain en anguille vivante qui, lui échappant des mains, disparut dans l'eau de la rigole au milieu de la rue.

— Ah, c'est comme ça ? cria Pinocchio, aveuglé par la colère.

Et, prenant de l'élan, il flanqua un coup de pied magistral contre la porte de la maison. Le coup fut si fort que son pied s'enfonça dans le bois jusqu'à moitié, et resta fiché dedans comme un clou.

Imaginez le pauvre Pinocchio ! Il dut passer tout le reste de la nuit avec un pied par terre et l'autre en l'air.

Le matin, au point du jour, enfin, la porte s'ouvrit. La brave Limace n'avait mis, pour descendre du quatrième étage jusqu'à l'entrée, que neuf petites heures. On peut dire qu'elle s'était démenée !

— Que faites-vous avec ce pied enfoncé dans la porte ? demanda-t-elle en riant au pantin.

— Je n'ai pas eu de chance. Voyez un peu, ma belle Limacette, si vous arrivez à me délivrer de ce supplice.

— Mon garçon, il faudrait pour ça un menuisier, et je n'ai jamais été menuisière.

— Demandez à la Fée de ma part !

— La Fée dort et ne veut pas être réveillée.

— Apportez-moi au moins quelque chose à manger, je suis épuisé.

— Tout de suite ! dit la Limace.

En effet, au bout de trois heures et demie, Pinocchio la vit revenir avec un plat d'argent sur la tête. Sur ce plat, il y avait un pain, un poulet rôti et quatre abricots mûrs.

— Voici le repas que vous envoie la Fée, dit la Limace.

À la vue de ce festin, le pantin fut près d'être tout à fait consolé. Quelle ne fut pas sa déception quand il commença à manger : le pain était en plâtre, le poulet en carton, et les quatre abricots en albâtre colorés comme des vrais !

Il aurait voulu pleurer, s'abandonner au désespoir, envoyer valser le plat et son contenu ; mais au lieu de cela, il tomba évanoui.

Quand il revint à lui, il était allongé sur un sofa, et la Fée était auprès de lui.

— Je te pardonne cette fois encore, lui dit la Fée. Mais gare à toi si tu fais encore des bêtises !

Pinocchio promit et jura qu'il étudierait, et qu'il se conduirait bien. Et il tint parole pendant tout le reste de l'année. De fait, aux examens d'avant les grandes vacances, il reçut la distinction du meilleur élève. La Fée, enchantée, lui dit :

— Demain, ton désir sera enfin exaucé ! Demain, tu cesseras d'être un pantin en bois, et tu deviendras un vrai petit garçon.

Qui n'a pas vu la joie de Pinocchio, à cette

nouvelle, ne pourra jamais l'imaginer. Tous ses amis et ses camarades d'école devaient être invités le lendemain à un petit déjeuner géant dans la maison de la Fée, pour fêter ce grand événement. La Fée avait commandé deux cents tasses de café au lait et quatre cents petits pains, beurrés dessus et dessous. Cette journée promettait d'être très belle et très gaie. Mais...

Malheureusement, dans la vie des pantins, il y a toujours un « mais » qui vient tout gâter.

30

Pinocchio, au lieu de devenir un petit garçon, part en cachette avec son ami La Mèche pour le Pays des Récréations.

Bien sûr, Pinocchio demanda tout de suite à la Fée la permission de parcourir la ville pour faire les invitations. La Fée lui dit :

— Va donc : mais n'oublie pas de rentrer à la maison avant la nuit. C'est compris ?

— Je promets d'être rentré dans une heure, répondit le pantin.

— Attention, Pinocchio ! Si tu désobéis, tant pis pour toi.

— Pourquoi ?

— Les enfants qui n'écoutent pas les conseils de qui en sait plus qu'eux vont toujours au-devant d'un malheur.

— J'en sais quelque chose ! Mais on ne m'y reprendra plus !

— Nous verrons si tu dis vrai.

Le pantin salua sa bonne Fée, qui était comme une maman pour lui, et, chantant et dansant, il sortit de la maison.

En un peu plus d'une heure, tous ses amis furent invités.

Sachez que Pinocchio avait, parmi ses camarades, un préféré et adoré qui s'appelait Roméo. Mais tout le monde le surnommait La Mèche, à cause de son corps maigre, sec et décharné comme la mèche neuve d'une veilleuse.

La Mèche était le plus paresseux et le plus polisson de l'école. Mais Pinocchio l'aimait énormément. En fait, il alla tout de suite le voir, pour l'inviter au petit déjeuner, et ne le trouva pas chez lui.

Où pouvait-il bien être ? Il le chercha partout et le trouva finalement caché sous l'auvent d'une ferme.

— Qu'est-ce que tu fais ici ? demanda Pinocchio en s'approchant.

— J'attends minuit pour partir...

— Où vas-tu ?

— Loin, loin, loin !

— Et moi qui t'ai cherché chez toi !

— Que me voulais-tu ?

— Tu ne connais pas le grand événement ? Demain, je cesse d'être un pantin. Je deviens un petit garçon comme tous les autres.

— Tant pis pour toi.

— Donc, demain, je t'attends chez moi pour le petit déjeuner.

— Mais puisque je te dis que je pars ce soir.

— Et où vas-tu ?

— Je vais habiter dans un pays... qui est le plus beau pays de ce monde. Un vrai pays de cocagne !

— Il s'appelle comment ?

— Il s'appelle le Pays des Récréations. Pourquoi ne viens-tu pas toi aussi ?

— Moi ? Ah, non !

— Tu as tort, Pinocchio ! Tu le regretteras, crois-moi. Là-bas, il n'y a pas d'école ; il n'y a pas de maîtres ; il n'y a pas de livres. Dans ce pays béni, on n'étudie jamais. Chaque semaine est composée de six jeudis et d'un dimanche. Imagine un peu ! Les vacances d'automne commencent le premier janvier et finissent le dernier jour de décembre. Ça, c'est un pays qui me plaît !

— Mais à quoi passe-t-on ses journées, dans le Pays des Récréations ?

— À jouer et à s'amuser du matin au soir. Qu'en dis-tu ?

— Hum ! fit Pinocchio.

Et il hocha la tête, comme pour dire : « J'aimerais bien mener cette vie-là moi aussi ! »

— Alors, tu pars avec moi ? Oui ou non ? Décide-toi.

— Non, non, non et non ! J'ai promis à ma bonne Fée de devenir un bon petit garçon, et je veux tenir ma promesse. Alors, je te laisse et je me sauve bien vite. Adieu, et bon voyage.

— Où cours-tu avec tant de hâte ?

— À la maison. Ma bonne Fée veut que je rentre avant la nuit.

— Attends encore une minute.

— Et si la Fée me crie après ?

— Laisse-la crier. Quand elle aura crié un bon coup, elle se calmera, dit ce garnement de La Mèche.

— Et comment fais-tu ? Tu pars seul, ou avec quelqu'un ?

— Seul ? Nous serons plus de cent enfants.

— Et vous faites le voyage à pied ?

— Une voiture va bientôt passer par ici pour

me prendre et me conduire dans ce bienheureux pays. Reste encore un peu ici, et tu nous verras.

— Non, non, je veux rentrer à la maison. La Fée doit se faire du souci pour moi.

— Pauvre Fée ! Elle a peur que les chauves-souris te mangent, peut-être ?

— Donc, reprit Pinocchio, tu es tout à fait sûr que, dans ce pays, il n'y a pas d'école ?

— Pas la moindre.

— Et pas de maîtres non plus ?

— Pas un seul.

— Et on n'est jamais obligé d'étudier ?

— Jamais, jamais, jamais !

— Quel beau pays ! dit Pinocchio, alléché. Quel beau pays !

— Pourquoi ne viens-tu pas toi aussi ?

— Inutile de me tenter ! J'ai promis à ma bonne Fée de devenir un petit garçon raisonnable, et je ne veux pas manquer à ma parole. Adieu, La Mèche. Bon voyage, amuse-toi bien, et souviens-toi quelquefois de tes amis.

Sur ces mots, le pantin fit deux pas pour s'éloigner ; mais, s'arrêtant et se retournant vers son ami, il demanda :

— Tu es vraiment sûr que, dans ce pays, toutes les semaines sont composées de six jeudis et d'un dimanche ?

— Plus que sûr.

— Tu es vraiment certain que les vacances commencent le premier janvier et finissent le dernier jour de décembre ?

— Plus que certain !

— Quel beau pays ! répéta Pinocchio.

Puis, raffermissant son courage, il ajouta à toute vitesse :

— Bon, eh bien, adieu pour de bon. Et bon voyage.

— Adieu.

— Ah, s'il restait encore une heure d'ici le départ, je serais bien capable d'attendre !

— Et la Fée ?

— De toute façon, j'ai trop tardé ! Je n'en suis plus à une heure près pour rentrer, ça revient au même.

— Pauvre Pinocchio ! Et si la Fée te crie après ?

— Tant pis ! Je la laisserai crier. Quand elle aura crié un bon coup, elle se calmera.

Entre-temps, la nuit était tombée, une nuit très noire. Soudain, ils virent danser dans le lointain un rai de lumière... Puis ils entendirent un tintement de grelots et une sonnerie de trompette, si faible et si étouffée qu'on aurait dit le sifflement d'un moustique !

— La voilà ! cria La Mèche, se mettant debout.

— Qui est-ce ? demanda à voix basse Pinocchio.

— C'est la voiture. Alors, tu viens, oui ou non ?

— Mais c'est bien vrai, demanda le pantin, que dans ce pays, les enfants ne sont jamais obligés d'étudier ?

— Jamais, jamais, jamais !

— Quel beau pays ! Quel beau pays ! Quel beau pays !

31

Après cinq mois de cocagne, Pinocchio, à son grand étonnement, sent qu'il lui pousse une belle paire d'oreilles d'âne, et il devient un ânon, avec une queue et tout le reste.

Enfin, la voiture arriva, sans faire le moindre bruit, car ses roues étaient enveloppées d'étoupe et de chiffons.

Elle était tirée par douze paires d'ânons, tous de la même taille. Les uns étaient gris, d'autres blancs, d'autres poivre et sel, et d'autres rayés de grandes bandes jaunes et bleu foncé.

Mais voici quelle était la chose la plus singulière : ces vingt-quatre ânons, au lieu d'être ferrés, étaient chaussés de bottines en vachette blanche.

Et le conducteur de la voiture ?

Imaginez un petit homme tendre et onctueux comme une motte de beurre, avec un visage de lys et de roses, une bouche rieuse et une voix douce et caressante, comme le ronron d'un chat.

Dès qu'ils le voyaient, les enfants s'entichaient de lui, et ils rivalisaient d'efforts pour monter dans sa voiture, afin qu'il les conduise dans ce pays de cocagne connu sous le nom alléchant de Pays des Récréations.

De fait, la voiture était pleine de garçonnets, entassés comme des anchois dans la saumure. Ils étaient mal installés, ils ne pouvaient presque pas respirer ; mais aucun ne disait : « Aïe ! », aucun ne se lamentait. Le réconfort d'arriver bientôt dans un pays où il n'y avait ni livres, ni écoles, ni maîtres les rendait si joyeux et si patients qu'ils ne sentaient pas la fatigue, la faim, la soif et le sommeil.

Dès que la voiture se fut arrêtée, le petit homme se tourna vers La Mèche, et lui demanda en souriant :

— Dis-moi, mon beau garçon, veux-tu venir aussi dans ce bienheureux pays ?

— Bien sûr que je veux venir !

— Je t'avertis, mon mignon, qu'il n'y a plus de place en voiture. Tu le vois, elle est pleine à craquer !

— Tant pis ! répondit La Mèche. Je me contenterai des brancards.

Et, d'un bond, il s'installa à califourchon sur les brancards.

— Et toi, mon petit amour, dit le petit homme à Pinocchio, que comptes-tu faire ? Tu viens ou tu restes ?

— Je reste, répondit Pinocchio. Je veux rentrer chez moi : je veux étudier, comme tous les bons petits garçons.

— Grand bien te fasse !

— Pinocchio ! dit alors La Mèche. Écoute-moi : viens, et on s'amusera !

— Non, non, non !

— Viens, et on s'amusera ! crièrent quelques voix dans la voiture.

— Viens, et on s'amusera ! hurlèrent en chœur une centaine de voix dans la voiture.

— Si je viens avec vous, que dira ma bonne Fée ? dit le pantin qui commençait à fléchir.

— Ne rumine pas d'idées noires. Pense que nous allons dans un pays où nous serons libres de chahuter du matin au soir !

Pinocchio poussa un soupir, puis un autre, et encore un autre. Finalement, il dit :

— Faites-moi un peu de place, je veux venir aussi !

— Toutes les places sont prises, répliqua le petit homme. Mais, pour te montrer que tu es le bienvenu, je veux bien te céder ma place sur le siège...

— Et vous ?

— Moi, je ferai la route à pied.

— Non, je ne peux pas accepter ça. Je préfère monter sur un de ces ânons ! cria Pinocchio.

Aussitôt, il s'approcha d'un ânon en tête de l'attelage, et voulut s'installer dessus. Mais l'animal lui flanqua un coup de museau dans l'estomac, qui le renversa jambes en l'air.

Imaginez l'énorme rire insolent de tous les enfants qui assistaient à la scène.

Le petit homme ne rit pas, lui. Il s'approcha de l'ânon rebelle et, faisant mine de lui donner un baiser, il lui arracha d'un coup de dents la moitié de l'oreille droite.

Entre-temps, Pinocchio s'était relevé, très en colère, et il sauta à califourchon sur le pauvre animal. Ce fut un si joli bond que les enfants, cessant de rire, se mirent à hurler : « Vive Pinocchio ! » et à applaudir à tout rompre.

Soudain, l'ânon donna une très puissante ruade, qui expédia le pauvre pantin sur un tas de gravier, au bord de la route.

De nouveau, de grands rires éclatèrent. Mais le petit homme, loin de rire, eut un tel élan d'amour pour le petit âne dissipé que, d'un baiser, il lui coupa net la moitié de l'autre oreille. Puis il dit au pantin :

— Remonte donc sur son dos, et n'aie pas peur. Cet ânon a été pris d'une lubie : mais je lui ai soufflé deux mots à l'oreille, et je pense l'avoir rendu doux et raisonnable.

Pinocchio monta, et la voiture repartit. Mais, pendant que les ânons galopaient et que la voiture filait sur les cailloux de la grand-route, le pantin crut entendre une voix chuchotante, qui lui dit :

— Pauvre naïf ! Tu as voulu n'en faire qu'à ta tête, mais tu le regretteras !

Pinocchio, presque effrayé, regarda autour de lui pour savoir d'où venaient ces paroles. Il ne vit personne : les ânons galopaient, la voiture filait et, dedans, les enfants dormaient. La Mèche ronflait comme un loir, et, sur le siège, le petit homme chantonnait entre ses dents :

Toute la nuit, ils dorment
Et moi, jamais je ne dors...

Cinq cents mètres plus loin, Pinocchio réentendit la toute petite voix :

— Retiens bien ceci, petit niais : les enfants qui arrêtent d'étudier pour ne songer qu'à jouer et à s'amuser sont promis à une triste fin ! J'en ai la preuve ! Un jour viendra où tu pleureras comme je pleure aujourd'hui... mais il sera trop tard !

Le pantin, plus épouvanté que jamais, sauta de sa monture pour aller saisir son ânon par le museau.

Imaginez sa réaction quand il s'aperçut que son ânon pleurait... qu'il pleurait exactement comme un petit garçon !

— Hé, monsieur le petit bonhomme ! cria alors Pinocchio, vous avez vu ? Cet ânon pleure.

— Laisse-le pleurer : il rira lorsqu'il sera marié, dit le petit homme. Allons, allons, ne perdons pas de temps. Remonte et partons. La nuit est fraîche et la route est longue.

Pinocchio obéit sans piper mot. La voiture reprit sa course. Et le matin, à l'aube, ils arrivèrent sans encombre au Pays des Récréations.

Ce pays ne ressemblait à aucun autre pays du monde. Il n'était habité que par des enfants. Dans les rues, c'était la joie, le vacarme, un boucan de tous les diables ! On voyait des bandes de garnements partout : les uns jouaient aux osselets, au palet, au ballon ; les autres allaient en vélocipède, ou étaient montés sur un cheval de bois. Ceux-ci jouaient à colin-maillard ou à chat ; ceux-là, habillés en clowns, faisaicnt les avaleurs de feu. Un tel jouait la comédie, tel autre chantait, faisait des sauts périlleux, s'amusait à marcher sur les mains ; lançait un cerceau, se promenait déguisé en général avec un casque de papier et un sabre en carton-pâte ; riait, hurlait, battait des mains, imitait le cri de la poule qui a pondu un œuf. Bref, c'était un charivari, un piaillement, un tintamarre endiablé.

Pinocchio, La Mèche et tous les enfants qui avaient fait le voyage avec le petit homme se mêlèrent aussitôt à cette joyeuse foule et devinrent très vite les amis de tous. Ils étaient les plus heureux, les plus gais du monde !

Les semaines passaient comme dans un rêve, en promenades continuelles et en amusements variés.

— Ah, la belle vie ! disait Pinocchio chaque fois qu'il rencontrait par hasard La Mèche.

— Tu vois bien que j'avais raison ! lui répliquait ce dernier. Dire que tu ne voulais pas partir ! Si tu es libéré des livres et de l'école, c'est à moi que tu le dois, reconnais-le !

— C'est vrai, La Mèche ! Si je suis un petit garçon vraiment heureux, c'est grâce à toi. Et pourtant, le maître me disait toujours : « Ne fréquente pas ce petit voyou de La Mèche, c'est un mauvais camarade qui ne te conseillera que le mal ! »

— Pauvre maître ! répondit La Mèche en hochant la tête. Je sais très bien que j'étais sa bête noire et qu'il prenait un malin plaisir à dire du mal de moi. Mais je suis généreux, moi, je lui pardonne !

— Grand cœur, va ! dit Pinocchio en étreignant affectueusement son ami et en l'embrassant entre les deux yeux.

Il y avait cinq mois que durait cette belle vie, à jouer tout le jour sans jamais voir la couleur d'un livre ou d'une école, quand, un beau matin à son réveil, Pinocchio eut une sacrée mauvaise surprise, qui le mit de très méchante humeur.

32

Il pousse des oreilles d'âne à Pinocchio, puis il devient un ânon véritable et se met à braire.

Et cette surprise, que fut-elle ?

Je vais vous le dire, mes chers petits lecteurs. La surprise, ce fut que Pinocchio, en se réveillant, eut envie de se gratter la tête ; et, en se grattant la tête, il s'aperçut avec stupeur... que ses oreilles s'étaient allongées de vingt bons centimètres.

Vous imaginez sa mine quand il réalisa que ses oreilles avaient poussé pendant la nuit au point de ressembler à deux balais de jonc !

Il chercha vite une glace ; mais, comme il n'en trouvait pas, il remplit la cuvette du lavabo, se regarda dans l'eau, et vit ce qu'il n'aurait jamais voulu voir : son reflet paré d'une superbe paire d'oreilles d'âne.

Je vous laisse deviner la douleur, la honte et le désespoir du pauvre Pinocchio !

Il se mit à pleurer, à pousser des cris stridents, à se cogner la tête contre le mur. Mais, plus il se désespérait, plus ses oreilles poussaient, poussaient, et devenaient poilues au bout.

Au son de ces cris aigus, une belle Petite Marmotte qui habitait à l'étage du dessus entra dans la chambre. En voyant l'agitation du pantin, elle lui demanda avec gentillesse :

— Qu'as-tu donc, mon cher voisin ?

— Je suis malade, ma Petite Marmotte, très malade... d'une maladie qui me fait peur ! Dis, tu sais tâter le pouls, toi ?

— Un petit peu.

— Alors, vois donc si je n'ai pas la fièvre.

La Petite Marmotte tâta le pouls de Pinocchio, puis soupira :

— Mon ami, malheureusement, je dois te donner une mauvaise nouvelle : tu as une très méchante fièvre !

— Quelle fièvre ?

— La fièvre d'âne.

— Je n'y comprends rien, moi, à cette fièvre ! répondit le pantin, qui ne la comprenait que trop bien.

— Je vais te l'expliquer, alors, continua la Petite Marmotte. Sache que dans deux ou trois heures, tu ne seras ni un pantin, ni un petit garçon...

— Qu'est-ce que je serai ?

— Tu deviendras un véritable petit âne.

— Oh, pauvre, pauvre de moi ! cria Pinocchio, prenant ses oreilles à pleines mains et tirant dessus avec rage.

— Qu'est-ce que tu veux y faire, mon cher ? répliqua la Petite Marmotte pour le consoler. Dorénavant, c'est ton destin.

— C'est vrai, c'est vraiment comme ça ? sanglota le pantin.

— Hélas ! oui, c'est comme ça. Maintenant, les larmes sont inutiles. Il fallait réfléchir avant !

— Mais ce n'est pas ma faute ! Crois-le, Petite Marmotte, c'est entièrement la faute de La Mèche !

— Et qui est La Mèche ?

— Un de mes camarades d'école. Je voulais rentrer à la maison, moi. Je voulais être obéissant, moi. Je voulais continuer à étudier, moi... Mais

La Mèche m'a dit : « Pourquoi veux-tu aller à l'école ? Viens plutôt avec moi au pays des Récréations : là-bas, on s'amusera du matin au soir et on sera joyeux. »

— Pourquoi as-tu suivi le conseil de ce traître ?

— Pourquoi ? Parce que, ma Petite Marmotte, je suis un pantin sans cervelle et sans cœur. Ah ! si j'avais eu un petit peu de cœur, je n'aurais jamais abandonné la bonne Fée, qui m'aimait comme une maman et avait tant fait pour moi ! Et à cette heure, je ne serais plus un pantin... je serais un petit garçon bien sage ! Oh, mais, si je rencontre La Mèche, gare à lui ! Je lui dirai ses quatre vérités !

Et il s'apprêta à sortir. Mais, une fois devant la porte, il se rappela qu'il avait des oreilles d'âne. Honteux de se montrer en public, qu'alla-t-il inventer ? Il prit un grand bonnet de coton et l'enfonça sur sa tête jusqu'au nez.

Puis il sortit à la recherche de La Mèche.

Il le chercha dans les rues, sur les places, dans les guignols, partout. Mais il ne le trouva pas. Il interrogea tous ceux qu'il croisa en chemin : personne ne l'avait vu.

Alors, il se rendit chez lui. Arrivé sur le seuil, il frappa.

— Qui est là ? demanda La Mèche à l'intérieur.

— C'est moi ! répondit le pantin.

— Une minute, je viens t'ouvrir.

Au bout d'une demi-heure, la porte s'ouvrit. Imaginez un peu la réaction de Pinocchio quand, en entrant dans la pièce, il vit La Mèche avec un grand bonnet de coton sur la tête, qui lui descendait jusqu'au nez.

Pinocchio se consola presque et pensa aussitôt :

— Mon ami aurait-il la même maladie que moi ? Aurait-il la fièvre d'âne ?

Faisant mine de ne s'apercevoir de rien, il demanda avec un sourire :

— Je te demande pardon, mon cher, mais pourquoi portes-tu ce bonnet de coton qui cache entièrement tes oreilles ?

— Le docteur me l'a prescrit parce que je me suis fait mal au genou. Et toi, mon cher pantin, pourquoi t'es-tu encagoulé jusqu'au-dessous du nez avec ce bonnet de coton ?

— Le docteur me l'a prescrit parce que je me suis écorché le pied.

— Oh, pauvre Pinocchio !

— Oh, pauvre La Mèche !

Ces paroles furent suivies d'un très long

silence ; pendant ce temps, les deux amis ne firent que se dévisager d'un air moqueur.

Enfin, le pantin dit à son camarade d'une voix mielleuse et flûtée :

— Délivre-moi de ma curiosité, mon cher La Mèche : t'est-il déjà arrivé de souffrir d'une maladie des oreilles ?

— Jamais ! Et toi ?

— Jamais ! Pourtant, depuis ce matin, j'ai de terribles élancements à une oreille.

— Je suis atteint moi aussi du même mal.

— Toi aussi ? Et de quelle oreille souffres-tu ?

— Des deux. Et toi ?

— Des deux. Aurions-nous la même maladie ?

— J'en ai peur.

— Tu veux bien me faire plaisir, La Mèche ?

— Volontiers ! De tout cœur.

— Tu me montres tes oreilles ?

— Pourquoi pas ? Mais je veux d'abord voir les tiennes, mon cher Pinocchio.

— Non. C'est toi qui commences.

— Ah, non, mon joli ! Toi d'abord, et moi après !

— Écoute, proposa le pantin, enlevons nos bonnets tous les deux en même temps. C'est d'accord ?

— C'est d'accord.

— Alors, attention !

Et Pinocchio se mit à compter à voix haute :

— Un ! Deux ! Trois !

À « trois ! » les deux garçons ôtèrent leurs bonnets et les expédièrent en l'air.

Il advint alors une scène qui pourrait paraître incroyable, si elle n'était vraie. Quand Pinocchio et La Mèche se virent atteints du même malheur, ils se mirent à lorgner leurs oreilles démesurées et, après mille pitreries grossières, finirent par avoir un beau fou rire.

Ils rirent, rirent et rirent à se plier en quatre. Cependant, tout à coup, La Mèche s'arrêta, et dit à son ami en chancelant et en changeant de couleur :

— Au secours, au secours, Pinocchio ! Je n'arrive plus à tenir sur mes jambes !

— Je n'y arrive plus moi non plus ! cria Pinocchio, pleurant et titubant.

En parlant ainsi, ils se mirent à quatre pattes, puis ils tournèrent et coururent à travers la chambre. Tandis qu'ils couraient, leurs bras se changèrent en jambes, leurs visages s'allongèrent et devinrent des museaux, leurs dos se couvrirent d'un pelage gris clair mêlé de noir.

Mais savez-vous quel fut le moment le plus affreux et le plus humiliant pour ces deux malheureux ? Ce fut quand il leur poussa une queue derrière. Terrassés par la honte et le chagrin, ils voulurent pleurer et se lamenter sur leur sort.

Ils auraient mieux fait de se taire ! Au lieu de plaintes et de gémissements, ils émirent des braiements d'âne. Poussant des cris sonores, ils brayaient en chœur : *hi-han, hi-han, hi-han !*

À ce moment-là, on frappa à la porte, et une voix venue du dehors leur cria :

— Ouvrez ! Je suis le conducteur de la voiture qui vous a amenés dans ce pays. Ouvrez tout de suite, ou gare à vous !

33

Devenu un ânon véritable, Pinocchio est mis en vente et acheté par le directeur d'une troupe de funambules pour apprendre à danser et à sauter dans les cerceaux ; mais un soir, il se blesse, et quelqu'un d'autre le rachète pour faire un tambour avec sa peau.

Voyant que la porte ne s'ouvrait pas, le Petit Homme l'enfonça d'un violent coup de pied. Une fois entré, il dit à Pinocchio et à La Mèche, avec son petit sourire habituel :

— Bravo, les enfants ! Vous savez très bien braire.

À ces mots, les deux petits ânes restèrent tout penauds, la tête basse, les oreilles rabattues, la queue entre les jambes.

Le Petit Homme commença par les lisser, les caresser, les palper ; puis, ayant sorti une étrille, il leur brossa le poil bien comme il faut. Quand il les eut rendus aussi luisants que des miroirs, il leur passa un licol et les emmena sur la place du marché.

Et les acheteurs ne se firent pas attendre.

La Mèche fut acheté par un paysan dont l'âne était mort la veille. Pinocchio fut vendu au directeur d'une troupe de funambules et de sauteurs de corde qui le prit pour le dresser afin qu'il saute et danse avec les animaux de sa compagnie.

Avez-vous compris, maintenant, mes petits lecteurs, quel était le joli métier du Petit Homme ? Cet horrible gnome qui avait l'air tout miel tout sucre s'en allait de temps à autre faire une tournée en voiture à travers le monde ; en chemin, il cueillait, par des promesses et des cajoleries, tous les enfants fainéants qui détestaient les livres et l'école. Après les avoir chargés dans sa voiture, il les emmenait au Pays des Récréations. Quand ces pauvres naïfs devenaient des ânons à force de s'amuser toujours et de n'étudier jamais, il s'emparait d'eux et allait les vendre dans les foires et sur les marchés. En quelques années, il était ainsi devenu millionnaire et roulait sur l'or.

Ce qu'il advint de La Mèche, je l'ignore. Je sais, en revanche, que, dès les premiers jours, Pinocchio mena une vraie vie de chien.

Quand il fut dans l'écurie, son nouveau maître remplit son râtelier avec de la paille. Mais, après en avoir goûté une bouchée, Pinocchio la recracha.

Alors, son maître, en grommelant, remplit le râtelier avec du foin. Le foin ne lui plut pas davantage.

— Ah, le foin aussi te déplaît ? cria le maître avec irritation. Tu vas voir un peu, mon mignon, si je n'arrive pas à te faire passer tes caprices !

Et, à titre de correction, il lui flanqua un coup de fouet dans les jambes.

Pinocchio eut très mal, et se mit à pleurer et à braire :

— Hi-han, hi-han, je digère mal la paille !

— Mange le foin, alors ! répondit le maître, qui comprenait très bien le langage des ânes.

— Hi-han, hi-han, le foin me donne des douleurs dans le corps !

— Donc, selon toi, je devrais nourrir mes ânes avec du blanc de poulet et du chapon en galantine ? continua le maître, de plus en plus en colère, en lui flanquant un deuxième coup de fouet.

À ce deuxième coup, Pinocchio, devenu prudent, se tut.

L'écurie fut refermée et Pinocchio resta seul. Comme il n'avait rien mangé depuis des heures, il se résigna à mâcher un peu de foin ; après l'avoir bien mastiqué, il ferma les yeux et l'avala.

— Ce foin n'est pas mauvais, se dit-il ensuite. Mais j'aurais mieux fait de continuer à étudier ! En ce moment, au lieu de foin, je mangerais un morceau de pain frais et une belle tranche de saucisson ! Ah, misère !

Le lendemain à son réveil, il regarda vite dans son râtelier pour voir s'il restait du foin. Mais il n'en trouva pas, car il avait tout mangé pendant la nuit.

Alors, il prit une bouchée de paille hachée. Mais, en la mastiquant, il dut admettre que la paille hachée n'avait pas du tout le goût du risotto à la milanaise ou des spaghettis à la napolitaine.

— Ah, misère ! redit-il.

— Je vais t'en fiche, moi, de la misère ! hurla le maître en entrant alors dans l'écurie. Tu t'imagines peut-être, mon joli, que je t'ai acheté pour te faire boire et manger ? Je t'ai acheté pour que tu me fasses gagner beaucoup d'argent. Alors, en avant, marche ! Suis-moi dans le cirque, et je t'apprendrai à sauter dans les cerceaux, et à danser la valse et la polka.

Le pauvre Pinocchio dut, de gré ou de force, apprendre toutcs ccs magnifiques choses. Mais, pour les savoir, il lui fallut trois mois de leçons et nombre de coups de fouet jusqu'au sang.

Vint enfin le jour où son maître put présenter un spectacle vraiment extraordinaire. Des affiches de toutes les couleurs, placardées aux quatre coins des rues, annoncèrent :

GRAND SPECTACLE DE GALA
SAUTS ET EXERCICES ÉTONNANTS
EXÉCUTÉS PAR TOUS LES ARTISTES
et tous les chevaux mâles et femelles de la troupe.
De plus,
Vous pourrez voir pour la première fois
le célèbre
ÂNON PINOCCHIO
dit
L'ÉTOILE DE LA DANSE.

Comme vous pouvez l'imaginer, ce soir-là, une heure avant le début du spectacle, la salle était pleine à craquer.

Les gradins du cirque fourmillaient de garçonnets, de fillettes et d'enfants de tous âges, fous d'envie de voir danser le célèbre ânon Pinocchio.

À la fin de la première partie, le directeur de la troupe, vêtu d'une redingote noire, d'un pantalon blanc à cuisses bouffantes et de grandes bottes en peau, se présenta devant la salle bondée. Il fit une grande révérence, et se lança d'un ton très solennel dans ce discours bourré de fautes :

— Honorable public, messieurs et mesdames ! Votre humble serviteur, de passage dans cette illustrissime métropoule, a voulu se procréer l'insigne honneur autant que le plaisir de présenter à cet intelligent et considérable auditoire un célèbre ânon, qui a déjà eu l'honneur de danser en présence de Sa Majesté l'empereur de toutes les cours principales d'Europe. Merci de votre partécipation animée, et soyez indulgents !

Ce discours fut accueilli par beaucoup d'éclats de rire et d'applaudissements. Mais ces applaudissements crépitèrent comme une tempête lorsque l'ânon Pinocchio apparut. Il était tout pomponné, en toilette de gala. Il avait une bride en cuir luisant avec des boucles et des bossettes de cuivre ; deux camélias blancs aux oreilles ; la crinière séparée en une infinité de boucles rattachées par de petits nœuds de soie rose ; et la queue entièrement tressée avec des rubans de velours amarante et bleu ciel. Bref, c'était un ânon adorable !

Le directeur fit encore une profonde révérence. Puis, se tournant vers Pinocchio, il lui dit :

— Du courage, Pinocchio ! Avant de commencer vos exercices, saluez cet honorable public !

Docile, Pinocchio plia aussitôt ses genoux jusqu'à terre ; et il resta agenouillé jusqu'à ce que le directeur fasse claquer son fouet et lui crie :

— Au pas !

Alors, le petit âne se dressa sur ses quatre jambes et se mit à tourner autour de la piste, en restant au pas.

Un instant après, le directeur cria :

— Au trot !

Pinocchio, obéissant, passa au trot.

— Au galop !

Pinocchio se mit au galop.

— Au triple galop !

Pinocchio se mit à galoper à bride abattue. Mais le directeur, levant un bras en l'air, déchargea un coup de pistolet.

À ce coup, le petit âne, feignant d'être blessé, tomba de tout son long sur la piste, comme s'il était mort.

Comme il se relevait au milieu d'un tonnerre

d'applaudissements, de cris et de hourras qui montaient crescendo vers le ciel, il leva naturellement la tête vers les gradins... Il vit alors dans une loge une belle dame, qui portait un large collier en or auquel pendait un médaillon. Sur ce médaillon était peint le portrait d'un pantin.

« Ce portrait est le mien ! Cette dame est la Fée ! » pensa Pinocchio, qui la reconnut aussitôt. Et, s'abandonnant à sa grande joie, il voulut crier :

— Oh, ma Petite Fée ! Oh, ma Petite Fée !

Mais sa gorge émit un braiment sonore et prolongé qui fit rire tous les spectateurs, les enfants surtout.

Alors, le directeur, pour bien lui faire comprendre qu'il n'était pas convenable de braire devant le public, le frappa sur les naseaux avec le manche de son fouet.

Le pauvre petit âne allongea démesurément sa langue pour se lécher le museau pendant cinq bonnes minutes, imaginant sans doute faire disparaître sa douleur.

Quel ne fut pas son désespoir quand, regardant de nouveau vers le haut, il découvrit que la loge était vide : la Fée avait disparu !

Il crut qu'il allait mourir ; les larmes lui vinrent aux yeux, et il se mit à sangloter. Mais personne ne s'en aperçut, le directeur moins que tout autre. Faisant claquer son fouet, il cria même :

— Courage, Pinocchio ! Montrez à ces messieurs comme vous savez gracieusement sauter au cerceau.

Pinocchio fit deux ou trois essais ; mais, chaque fois qu'il arrivait devant le cerceau, au lieu de sauter au travers, il trouvait plus pratique de passer dessous. Pour finir, il bondit et le traversa. Malheureusement, ses jambes de derrière accrochèrent l'anneau et il retomba de l'autre côté les quatre fers en l'air.

Quand il se releva, il était estropié. Ce fut à grand-peine qu'il rentra à l'écurie.

— Pinocchio ! Nous voulons Pinocchio ! criaient les enfants du parterre, apitoyés et émus par ce bien triste coup du sort.

Mais ce soir-là, le petit âne ne se montra plus.

Le lendemain matin, le vétérinaire, après l'avoir examiné, déclara qu'il resterait boiteux toute sa vie.

Alors, le directeur dit au garçon d'écurie :

— Que veux-tu que je fasse d'un âne boiteux ? Ce ne serait qu'un pique-assiette. Emmène-le au marché et vends-le.

Au marché, ils trouvèrent tout de suite un acheteur, qui demanda au garçon d'écurie :

— Combien veux-tu pour ce petit âne boiteux ?

— Vingt lires.

— Je t'en donne vint sous. Je ne l'achète que pour sa peau : je veux faire un tambour avec, pour la fanfare de mon village.

Je vous laisse deviner quel plaisir ce fut pour Pinocchio d'entendre qu'il était destiné à devenir un tambour !

Le fait est que son acheteur, dès qu'il eut payé les vingt sous, mena le petit âne au bord de la mer, lui attacha une pierre au cou et lui lia une corde à la jambe. Puis, il lui donna une grande bourrade sans crier gare, et le flanqua à l'eau.

Pinocchio, avec ce poids au cou, coula à pic. Son acheteur, tenant fermement la corde, s'assit sur un récif, pour attendre qu'il meure noyé, et le dépiauter ensuite.

34

Pinocchio, jeté à la mer, est mangé par les poissons et redevient un pantin comme avant ; mais, pendant qu'il nage pour se sauver, il est englouti par le terrible Requin.

Il y avait cinquante minutes que le petit âne était sous l'eau, lorsque l'acheteur, parlant tout seul, dit :

— Mon pauvre ânon doit être tout à fait noyé, à cette heure. Ramenons-le à la surface, et faisons avec sa peau un beau tambour.

Et il se mit à remonter la corde avec laquelle il lui avait lié une jambe. À la place d'un petit âne mort, il vit apparaître à fleur d'eau un pantin vivant, qui se débattait comme une anguille.

Le pauvre homme crut avoir la berlue et resta abasourdi, la bouche ouverte, les yeux ronds comme des boules de loto.

Une fois revenu de sa stupeur première, il balbutia, des larmes dans la voix :

— Mais où est le petit âne que j'ai jeté à la mer ?

— Le petit âne, c'est moi ! répondit le pantin, rieur.

— Ah, canaille ! Tu veux te moquer ?

— Me moquer ? Bien au contraire, cher patron : je suis sérieux.

— Mais enfin, comment se fait-il que tu étais un petit âne, et que te voilà devenu un pantin en bois ?

— C'est sûrement l'effet de l'eau de mer.

— Gare à toi, pantin, gare ! Ne t'imagine pas que tu vas te payer ma tête ! Si je perds patience, tu vas le sentir passer !

— Écoutez, patron, vous voulez connaître la véritable histoire ? Déliez-moi la jambe, et je vous la raconterai.

Cette bonne pâte d'acheteur, curieux de connaître l'histoire, dénoua vite la corde qui le retenait prisonnier. Pinocchio, se retrouvant libre comme l'air, lui parla alors ainsi :

— Sachez que j'étais un pantin en bois, tel que vous me voyez. Mais j'étais à deux doigts de devenir un petit garçon comme les autres. Seulement, par dégoût pour l'étude, je me sauvai de la maison... et un beau jour, je me retrouvai changé en âne. Avec une de ces paires d'oreilles ! Et une de ces queues ! Quelle honte pour moi ! Emmené au marché des ânes pour être vendu, je fus acheté par le directeur d'une troupe équestre, qui se mit en tête de faire de moi un grand danseur et un grand sauteur de cerceaux. Mais un soir, pendant le spectacle, je fis une mauvaise chute et je restai boiteux des deux jambes. Alors, le directeur me renvoya au marché, où vous m'avez acheté !

— Hélas ! Et je t'ai payé vingt sous ! Qui me les rendra, maintenant ?

— Mais vous m'avez acheté pour quoi ? Pour faire un tambour avec ma peau ! Un tambour !

— Dis-moi un peu, insolente canaille, ton histoire se termine ici ?

— Non, répondit le pantin. Encore deux mots, et elle sera finie. Après m'avoir acheté, vous m'avez conduit en ce lieu pour me tuer. Mais vous avez eu pitié de moi, et vous avez préféré m'attacher une pierre au cou et me jeter au fond de la mer. Cette délicatesse vous fait honneur, et je vous en aurai une reconnaissance éternelle. Cependant, mon cher patron, vous avez oublié la Fée...

— Et on peut savoir qui est cette Fée ?

— C'est ma maman. Donc, comme je disais, en me voyant près d'être noyé, la bonne Fée m'envoya un immense banc de poissons, qui me prirent pour un ânon mort, et se mirent à me manger ! Et ils y allaient à belles dents ! Ils m'ont dévoré les oreilles, le cou et la crinière, la peau des pattes et la peau du dos... il y a même un petit poisson serviable qui a bien voulu manger ma queue.

— À partir d'aujourd'hui, je fais le serment de ne plus jamais manger de poisson, dit l'acheteur horrifié. Il me déplairait de trouver une queue d'âne dans un rouget ou un merlan frits !

— C'est aussi mon avis, répondit le pantin, rieur. Sachez que les poissons, quand ils eurent mangé la peau d'âne qui me recouvrait de la tête aux pieds, arrivèrent à l'os... ou plutôt, au bois, car, vous le voyez, je suis en bois très dur. Dès les premiers coups de dents, ces gloutons s'aperçurent que ce n'était pas une pitance pour eux, et ils s'en allèrent sans même me dire merci. Voilà.

C'est comme ça que vous avez trouvé un pantin vivant au lieu d'un ânon mort.

— Je me moque de ton histoire ! cria l'acheteur, fou de rage. J'ai dépensé vingt sous pour t'avoir, et je veux récupérer mon argent ! Tu sais ce que je vais faire ? Je vais te ramener au marché, et je te revendrai au prix du bois de cheminée.

— Revendez-moi si ça vous chante, je suis ravi, dit Pinocchio.

Là-dessus, il fit un bond et plongea dans l'eau. Et, nageant joyeusement pour s'éloigner du rivage, il cria :

— Adieu, patron !

En un clin d'œil, il fut si loin qu'on distinguait seulement à la surface de la mer un minuscule point noir, qui sortait parfois les jambes hors de l'eau pour faire des sauts et des cabrioles, comme un dauphin d'humeur folâtre.

Tandis que Pinocchio nageait à l'aventure, il vit un récif qui semblait en marbre blanc ; et, au sommet du récif, une belle petite chèvre qui bêlait amoureusement et lui faisait signe d'approcher.

Voici quelle était la chose la plus singulière : la laine de la petite chèvre, au lieu d'être blanche, ou noire, ou un mélange des deux couleurs, comme celle des autres chèvres, était au contraire bleu outremer, d'un outremer éclatant qui rappelait énormément les cheveux de la belle Petite Fille.

Je vous laisse imaginer si le cœur du pauvre Pinocchio se mit à battre plus fort ! Redoublant d'effort et d'énergie, il nagea vers le récif blanc ; il avait déjà parcouru la moitié du chemin quand il vit surgir vers lui une horrible tête de monstre marin, la gueule béante tel un gouffre, avec trois rangées de crocs.

Et savez-vous qui était ce monstre marin ?

C'était le gigantesque Requin, déjà cité plusieurs fois dans cette histoire.

Vous imaginez l'épouvante du pauvre Pinocchio à la vue du monstre ! Il essaya de l'éviter, il essaya de fuir ; mais cette énorme gueule grande ouverte venait toujours à sa rencontre avec la vivacité de l'éclair.

— Dépêche-toi, Pinocchio, je t'en supplie ! bêlait la belle petite chèvre.

Et Pinocchio nageait avec l'énergie du désespoir.

— Vite, Pinocchio, car le monstre se rapproche !

Et Pinocchio redoublait d'ardeur à la course.

— Attention, Pinocchio ! Le monstre te rejoint ! Dépêche-toi, je t'en supplie, ou tu es perdu !

Et Pinocchio de nager encore plus vite, vite, vite, telle une balle de fusil. Déjà, il était près du récif ; déjà, la petite chèvre, toute penchée vers la mer, lui tendait ses pattes pour l'aider à sortir de l'eau !

Mais il était trop tard ! Le monstre l'avait rattrapé. Dans une grande aspiration, il engloutit le pauvre pantin avec tant de violence et d'avidité que Pinocchio, tombant au fond du Requin, se cogna rudement et resta étourdi pendant un quart d'heure.

Quand il émergea de son étourdissement, il ne savait plus où il était, ni dans quel monde. Autour de lui, c'était une obscurité si noire et si profonde qu'il croyait avoir fourré sa tête dans la poche d'encre d'un calamar. Il resta à l'écoute, et n'entendit aucun bruit ; seules, de temps à autre, de grandes bouffées de vent lui heurtaient le visage. D'abord, il ne comprit pas d'où venait ce vent ; puis il réalisa qu'il sortait des poumons du monstre. Car il faut savoir que le Requin souffrait énormément d'asthme, et, quand il respirait, on se croyait sous le souffle de la tramontane.

Pinocchio essaya d'abord de rassembler un peu de courage ; mais, quand il fut sûr et certain d'être enfermé dans le monstre marin, il se mit à pleurer et à crier :

— Au secours ! Au secours ! N'y aura-t-il personne pour me sauver ?

— Et qui pourrait bien te sauver, pauvre infortuné ? dit dans le noir une grosse voix fêlée de guitare désaccordée.

— Qui parle ainsi ? demanda Pinocchio, transi d'effroi.

— C'est moi ! Je suis un pauvre Thon, que le Requin a avalé en même temps que toi. Et toi, quel poisson es-tu ?

— Moi, je n'ai rien à voir avec les poissons. Je suis un pantin.

— Alors, pourquoi t'es-tu fait engloutir par le monstre ?

— Ce n'est pas moi qui me suis fait engloutir, c'est lui qui m'a englouti ! Et maintenant, que faut-il faire ici, dans ce noir ?

— Nous résigner, et attendre que le Requin nous ait digérés tous les deux !

— Je ne veux pas être digéré, moi ! hurla Pinocchio, recommençant à pleurer.

— Je ne veux pas être digéré non plus, ajouta le Thon. Mais je suis assez philosophe, et je me console en pensant que, quand on naît Thon, il y a plus de dignité à finir dans l'eau que dans l'huile !

— C'est idiot ! cria Pinocchio.

— C'est juste mon opinion, répliqua le Thon, et les opinions doivent être respectées !

— N'empêche que je veux m'en aller d'ici, moi... je veux m'enfuir.

— Fuis, si tu peux !

— Il est très gros, le Requin qui nous a engloutis ? demanda le pantin.

— Figure-toi que son corps est long de plus d'un kilomètre, sans compter la queue.

Pendant qu'ils avaient cette conversation dans le noir, Pinocchio crut voir tout au loin une sorte de lueur.

— Qu'est-ce que ça peut bien être, cette petite lumière tout là-bas ? demanda-t-il.

— Sans doute un compagnon d'infortune qui attend comme nous le moment d'être digéré !

— Je vais le voir. Si ça se trouve, c'est un vieux poisson qui peut m'indiquer le chemin pour m'enfuir ?

— Je te le souhaite de tout cœur, cher pantin.

— Adieu, Thon.

— Adieu, pantin. Et bonne chance.

— Où nous reverrons-nous ?

— Qui le sait ? Mieux vaut ne pas y penser !

35

Pinocchio retrouve dans le corps du Requin… devinez qui ? Lisez ce chapitre et vous le saurez.

Dès qu'il eut dit adieu à son bon ami Thon, Pinocchio se mit en route dans les ténèbres, et marcha à l'aveuglette dans le corps du Requin, se dirigeant pas à pas vers la toute petite lueur.

Plus il avançait, plus la lueur prenait d'éclat et devenait précise, jusqu'à ce qu'il arrive enfin. Une fois arrivé… que trouva-t-il ? Je vous le donne en mille : il trouva une petite table mise ; dessus, une bougie allumée fichée dans une bouteille de cristal vert ; et, attablé devant, un tout petit vieux tout blanc. Il mâchonnait des petits poissons si vivants et si frétillants qu'ils s'échappaient parfois de sa bouche.

À cette vue, la joie du pauvre Pinocchio fut si grande qu'il fut presque pris de délire. Il voulait rire, il voulait pleurer, il voulait dire tant de choses ! Mais il ne faisait que gémir, balbutier des mots entrecoupés et sans suite. Enfin, il réussit à pousser un cri de joie et, ouvrant tout grand les bras, il se jeta au cou du petit vieux en hurlant :

— Oh, mon petit papa ! Enfin, je vous retrouve ! Maintenant, je ne vous quitte plus, plus jamais jamais !

— Mes yeux disent donc vrai ? répondit le petit vieux en se frottant les yeux. Tu es bien mon cher Pinocchio ?

— Oui, c'est moi, c'est bien moi ! Et vous m'avez déjà pardonné, pas vrai ? Oh, mon petit papa, comme vous êtes bon ! Et dire que moi... Ah, si vous saviez ! Tant de malheurs me sont tombés sur la tête ! Le jour où vous avez vendu votre manteau, mon pauvre petit papa, et acheté l'abécédaire, eh bien, je me suis enfui pour voir les marionnettes, et le montreur de marionnettes a voulu me jeter au feu pour cuire son mouton rôti, et puis après, il m'a donné cinq pièces d'or pour que je vous les apporte, mais je suis tombé sur le Renard et le Chat qui m'ont emmené à l'auberge du Homard rouge, et là, ils ont dévoré comme des loups, alors, en partant tout seul dans la nuit, j'ai rencontré les brigands qui m'ont couru après, et moi qui détale, et eux toujours derrière, et moi qui détale, jusqu'à ce qu'ils me pendent à une branche du Grand Chêne, et c'est là que la belle Petite Fille aux cheveux bleu outremer m'a fait emmener dans un carrosse, et les docteurs, après m'avoir examiné, ont dit tout de suite : « S'il n'est pas mort, c'est signe qu'il est toujours vivant », et puis après j'ai lâché un mensonge, alors mon nez a commencé à s'allonger et il ne pouvait plus passer par la porte de la chambre, c'est pour ça que je suis allé avec le Renard et le Chat pour enterrer les quatre pièces d'or, parce que une, je l'avais dépensée à l'auberge, et le perroquet s'est mis à rire, et au lieu des deux mille pièces, je n'ai plus rien trouvé du tout, ce qui fait que le juge m'a fait jeter tout de suite en prison pour donner satisfaction aux voleurs, et puis après, en m'en allant, j'ai vu une belle grappe de raisin dans un champ, où je suis resté pris dans le piège, et cette brute de paysan m'a mis un collier de chien pour que je garde le poulailler, ce qui fait qu'il a reconnu mon innocence et m'a libéré, et le serpent avec la queue qui fumait s'est mis à rire et il a eu une attaque, alors, comme ça, je suis retourné à la maison de la belle Petite Fille, qui était morte, et le Pigeon, en me voyant pleurer, m'a dit : « J'ai vu que ton père fabriquait une petite barque pour te chercher », et je lui ai dit : « Oh, si j'avais des ailes moi aussi ! », et il m'a dit : « Tu veux aller voir ton papa ? Moi, je t'emmène. Monte sur mon dos », et comme ça, on a volé toute la nuit, et puis le matin, les pêcheurs m'ont dit : « Il y a un pauvre homme dans une petite barque qui est en train de se noyer », et moi, de loin, je vous ai reconnu tout de suite, ça me venait du cœur, et je vous ai fait signe de revenir...

— Je t'ai reconnu aussi, dit Geppetto, et j'aurais bien aimé revenir au rivage, mais comment ? La mer était démontée et une lame a emporté ma petite barque. Alors, un horrible Requin a fondu sur moi dès qu'il m'a vu dans l'eau, il m'a attrapé vite fait, et il m'a englouti comme un *tortellino* de Bologne.

— Et il y a combien de temps que vous êtes enfermé ici ? demanda Pinocchio.

— Cela doit faire maintenant deux ans. Deux ans, mon Pinocchio, qui m'ont paru deux siècles !

— Comment avez-vous fait pour survivre ?

— Je vais tout te raconter. Sache que la tempête qui renversa ma petite barque coula aussi un navire marchand. Tous les marins se sauvèrent, mais le Requin avait ce jour-là un excellent appétit, et, après m'avoir avalé, il engloutit aussi le navire...

— Quoi ? D'une seule bouchée ? demanda Pinocchio, époustouflé.

— D'une seule bouchée. Heureusement pour moi, ce navire était plein de viande en conserve dans des boîtes d'étain, de pain grillé, de bouteilles de vin, de raisins secs, de fromage, de café, de sucre, de bougies en suif et de boîtes d'allumettes de cire. Ce trésor m'a permis de survivre deux ans ; mais aujourd'hui, j'arrive au bout : il n'y a plus rien dans le garde-manger, et cette bougie est la dernière...

— Et après ?

— Après, mon cher, nous resterons tous les deux dans le noir.

— Alors, mon petit papa, dit Pinocchio, il n'y a pas de temps à perdre. Il faut vite s'enfuir...

— S'enfuir ? Et comment ?

— En s'échappant par la bouche du Requin et en se jetant dans la mer à la nage.

— C'est bien joli, mais je ne sais pas nager, moi, mon cher Pinocchio.

— Vous monterez sur mon dos, et, comme je suis bon nageur, je vous transporterai sain et sauf jusqu'à la rive.

— Tu rêves, mon garçon ! répliqua Geppetto avec un sourire mélancolique. Tu crois vraiment qu'un pantin comme toi pourrait avoir la force de me transporter à la nage ?

— Essayez toujours, et vous verrez ! De toute façon, s'il est écrit que nous devons mourir, au moins, nous aurons la grande consolation de mourir dans les bras l'un de l'autre.

Sans rien dire de plus, Pinocchio prit la bougie et, ouvrant la marche pour donner de la lumière, il dit à son père :

— Suivez-moi, et n'ayez pas peur.

C'est ainsi qu'ils traversèrent tout le ventre et l'estomac du Requin. Mais, parvenus à l'endroit où commençait le grand gosier du monstre, ils s'arrêtèrent pour jeter un coup d'œil.

Il faut savoir que le Requin, qui était très vieux et souffrait d'asthme et de palpitations cardiaques, était forcé de dormir la bouche ouverte ; aussi, Pinocchio put voir, tout au-delà de cette énorme bouche, un beau morceau de ciel étoilé et un très beau clair de lune.

— Voici le bon moment pour s'échapper, chuchota-t-il en se tournant vers son père. Le Requin dort comme un loir, la mer est calme, et on y voit comme en plein jour. Suivez-moi vite, mon petit papa, et bientôt, nous serons sauvés.

Ils montèrent par la gorge du monstre marin et, arrivés dans son immense bouche, ils marchèrent à pas de loup sur la langue, si large et si longue qu'on l'aurait prise pour une allée de jardin. Puis ils enjambèrent les trois rangées de dents. Mais, avant de faire le grand saut, le pantin dit à son père :

— Montez à califourchon sur mon dos, et accrochez-vous. Je me charge du reste.

Dès que Geppetto se fut installé sur le dos de son fils, Pinocchio se jeta à l'eau et se mit à nager. Il y avait une mer d'huile, la lune resplendissait de toute sa clarté, et le Requin continuait à dormir d'un sommeil si profond que même un coup de canon n'aurait pu le réveiller.

36

Pinocchio cesse enfin d'être un pantin et devient un petit garçon.

Tandis qu'il nageait rapidement pour rejoindre la rive, Pinocchio s'aperçut que son père, qui était sur son dos et avait les jambes à moitié dans l'eau, tremblait comme une feuille.

Tremblait-il de peur ou de froid ? Sans doute un peu des deux. Mais Pinocchio, croyant qu'il avait peur, lui dit pour le réconforter :

— Courage, papa ! Dans quelques minutes, nous toucherons terre et nous serons sauvés.

— Où est-elle donc, cette terre bénie ? demanda

le petit vieux, de plus en plus inquiet, en plissant les yeux comme un tailleur qui enfile une aiguille. Je ne vois que le ciel et la mer.

— Mais moi, je vois aussi le rivage, dit le pantin. Sachez que je suis comme les chats : je vois mieux la nuit que le jour.

Le pauvre Pinocchio faisait semblant d'avoir le moral ! Mais en réalité... il commençait à perdre courage. Ses forces diminuaient, son souffle devenait court et haletant... bref, il n'en pouvait plus. Et la rive était toujours loin !

Il nagea tant qu'il lui resta un peu de souffle. Puis, tournant la tête vers Geppetto, il dit à mots entrecoupés :

— Mon papa... aidez-moi... car je meurs !

Le père et le fils allaient sombrer quand ils entendirent une voix de guitare désaccordée qui disait :

— Qui est-ce qui meurt ?

— Moi et mon pauvre père !

— Je reconnais cette voix ! Tu es Pinocchio !

— Tout juste. Et toi ?

— Je suis le Thon, ton compagnon de captivité dans le corps du Requin.

— Mais comment as-tu fait pour t'échapper ?

— J'ai imité ton exemple.

— Mon cher Thon, on peut dire que tu tombes

à pic ! Je t'en supplie, pour l'amour de tes Petits Thons, aide-nous, ou nous sommes perdus.

— Bien volontiers, et de tout mon cœur. Cramponnez-vous à ma queue, et laissez-vous conduire. Je vous emmènerai au rivage en un rien de temps.

Comme vous pouvez l'imaginer, Geppetto et Pinocchio s'empressèrent d'accepter cette proposition. Mais, au lieu de se cramponner à la queue, ils jugèrent plus pratique de s'asseoir sur le Thon.

— Nous ne sommes pas trop lourds ? demanda Pinocchio.

— Lourds ? Penses-tu ! répondit le Thon, qui était si gros et si robuste qu'il avait l'air d'un veau de deux ans.

Une fois sur la rive, Pinocchio sauta à terre le premier, pour aider son papa à faire de même. Puis il se tourna vers le Thon, et lui dit d'une voix émue :

— Mon cher ami, tu as sauvé mon papa ! Je ne te remercierai jamais assez ! Permets-moi au moins de te donner un baiser en signe de reconnaissance éternelle !

Le Thon sortit la tête hors de l'eau, et Pinocchio, s'agenouillant, déposa sur sa bouche un baiser très affectueux. À ce geste spontané de vive tendresse, le pauvre Thon fut terriblement ému.

Honteux qu'on le voie pleurer comme un bébé, il remit la tête sous l'eau et disparut.

Entre-temps, le jour s'était levé.

Alors, Pinocchio donna le bras à Geppetto, qui avait tout juste la force de tenir debout, et lui dit :

— Appuyez-vous sur moi, cher petit papa, et marchons. Nous irons tout doucement comme les fourmis. Quand nous serons fatigués, nous nous reposerons au bord de la route.

— Où allons-nous ? demanda Geppetto.

— À la recherche d'une maison ou d'une cabane, où l'on nous fasse la charité d'un morceau de pain et d'un peu de paille pour dormir.

Ils n'avaient pas fait cent pas qu'ils virent assis sur le talus de la route deux individus à mine patibulaire.

C'étaient le Chat et le Renard. Mais ils étaient méconnaissables. Figurez-vous que le Chat, à force de faire l'aveugle, avait fini par le devenir pour de bon. Quant au Renard, vieilli, mangé par les mites et entièrement paralysé d'un côté, il n'avait plus du tout de queue. Eh oui ! Ce sinistre et minable voleur, tombé dans la plus sordide misère, s'était trouvé contraint de vendre sa superbe queue à un colporteur, qui la lui avait achetée pour s'en faire un chasse-mouches.

— Hé, Pinocchio ! cria le Renard d'une voix

geignarde, fais une petite aumône à deux pauvres infirmes.

— Infirmes ! répéta le Chat.

— Sifflez, beaux merles ! répondit le pantin. Vous m'avez roulé une fois, mais vous ne m'y reprendrez plus.

— Il faut nous croire, Pinocchio, aujourd'hui, nous sommes pauvres et infortunés pour de bon !

— Pour de bon ! répéta le Chat.

— Si vous êtes pauvres, vous le méritez. Souvenez-vous du proverbe : « Bien mal acquis ne profite jamais. »

— Aie pitié de nous !

— De nous !

— Sifflez, beaux merles ! Souvenez-vous du proverbe : « La farine du diable ne fait pas de bon pain. »

— Ne nous abandonne pas !

— ... pas ! répéta le Chat.

— Sifflez beaux merles ! Souvenez-vous du proverbe : « Qui vole le manteau de son prochain finit par mourir sans chemise. »

Sur ce, Pinocchio et Geppetto poursuivirent leur route. À cent pas de là, ils virent au bout d'un sentier courant à travers champs une belle chaumière en paille, au toit couvert de larges tuiles plates.

— Cette chaumière doit être habitée, dit Pinocchio.

Ils s'y rendirent, et frappèrent à la porte.

— Qui est là ? dit une petite voix à l'intérieur.

— Un pauvre père et son pauvre enfant, sans pain et sans toit, répondit le pantin.

— Tournez la clef, et la porte s'ouvrira, dit la même petite voix.

Pinocchio tourna la clef, et la porte s'ouvrit. Une fois entrés, ils regardèrent autour d'eux, et ne virent personne.

— Mais où il est, le maître de cette maison ? dit Pinocchio, éberlué.

— Je suis là-haut !

Le père et le fils levèrent la tête vers le plafond, et virent sur une solive le Grillon-qui-parle.

— Tiens, mon cher Petit Grillon ! dit Pinocchio en le saluant courtoisement.

— Ah, je suis « ton cher Petit Grillon », maintenant, hein ? Mais tu te souviens du jour où tu m'as flanqué un coup de marteau pour me chasser de chez toi ?

— Tu as raison, Petit Grillon ! Chasse-moi aussi si tu veux... flanque-moi un coup de marteau, mais aie pitié de mon pauvre papa...

— J'aurai pitié du père, et même du fils. Mais j'ai tenu à te rappeler tes vilaines manières pour t'apprendre qu'il faut se montrer courtois avec chacun, en ce bas monde, si l'on veut avoir droit à la même amabilité le jour où on en a besoin.

— Tu as raison, Petit Grillon, tu as cent fois raison, et je n'oublierai pas ta leçon. Mais dis-moi, comment as-tu fait pour t'acheter cette belle chaumière ?

— Cette chaumière m'a été offerte hier par une charmante chèvre, dont la toison était d'un très beau bleu outremer.

— Et où est-elle allée, cette chèvre ? demanda Pinocchio avec une vive curiosité. Quand reviendra-t-elle ?

— Elle ne reviendra jamais. Hier, elle est partie tout affligée, et ses bêlements semblaient dire : « Pauvre Pinocchio... je ne le reverrai plus, désormais... le Requin l'a sûrement dévoré, à cette heure ! »

— Elle a dit ça ? Alors, c'était elle ! C'était ma chère Petite Fée ! hurla Pinocchio, hoquetant et pleurant à chaudes larmes.

Quand il eut pleuré un bon coup, il s'essuya les yeux. Il prépara un lit de paille, et il y allongea le pauvre Geppetto. Puis il demanda au Grillon-qui-parle :

— Dis, Petit Grillon, où puis-je trouver un verre de lait pour mon pauvre papa ?

— Trois champs plus loin, il y a le maraîcher Giangio, qui a des vaches. Va chez lui, tu trouveras ce que tu cherches.

Pinocchio courut chez le maraîcher Giangio. Mais le maraîcher lui dit :

— Un verre de lait coûte un sou. Donne-moi d'abord le sou.

— Je n'ai même pas un centime, répondit Pinocchio, honteux et triste.

— Ce n'est pas bon, ça, mon pantin, répliqua le maraîcher. Si tu ne donnes pas un centime, moi je ne donne pas une larmette de lait.

— Hélas ! dit Pinocchio, et il voulut s'en aller.

— Attends un peu, dit Giangio. On doit pouvoir s'arranger. Acceptes-tu de faire tourner la noria ?

— La noria ? Qu'est-ce que c'est ?

— C'est cet engin de bois qui sert à tirer l'eau du puits, pour arroser les légumes. Si tu me tires cent seaux d'eau, je te donnerai un verre de lait en récompense.

— D'accord.

Giangio emmena le pantin dans le jardin, et lui montra comment faire tourner la noria. Pinocchio se mit vite au travail ; mais bien avant d'avoir tiré les cent seaux d'eau, il était ruisselant de sueur de la tête aux pieds. Jamais il n'avait enduré une telle fatigue.

— Jusqu'à maintenant, dit le maraîcher, c'est mon ânon qui faisait tourner la noria ; mais cette pauvre bête est près de mourir.

— Vous m'emmenez le voir ? dit Pinocchio.

— Volontiers.

Dès que Pinocchio entra dans l'écurie, il aperçut un beau petit âne étendu sur la paille, épuisé par la faim et l'excès de travail. Il se troubla et pensa :

— Mais je l'ai déjà vu, ce petit âne ! Sa physionomie ne m'est pas inconnue !

Et, se penchant vers lui, il lui demanda dans la langue des ânes :

— Qui es-tu ?

À cette question, le petit âne ouvrit ses yeux mourants, et balbutia :

— Je suis La... Mè... che...

Puis il ferma les yeux et mourut.

— Oh, pauvre La Mèche ! murmura Pinocchio.

Et il essuya une larme.

— Que d'émotion pour un âne qui ne t'a rien coûté ! dit le maraîcher. Comment devrais-je réagir, alors, moi qui l'ai payé en bon argent ?

— Eh bien... c'était mon ami !

— Ton ami ?

— Un camarade d'école !

— Quoi ? hurla Giangio en éclatant d'un gros rire. Tes camarades d'école étaient des ânes ? Ah, elles ont dû être belles, tes études !

Le pantin, vexé, ne répondit pas. Il prit son verre de lait presque chaud, et s'en retourna à la chaumière.

À dater de ce jour, pendant plus de cinq mois, il se leva à l'aube pour aller faire tourner la noria, et gagner le verre de lait qui était si bon pour la santé fragile de son papa. Il ne s'en tint pas là. Au fil du temps, il apprit à fabriquer des paniers et des corbeilles de jonc. Grâce à l'argent qu'il en tirait, il veillait avec beaucoup de bon sens aux dépenses quotidiennes.

Le soir, à la veillée, il s'exerçait à la lecture et à l'écriture. Il avait acheté au village voisin, pour quelques centimes, un gros livre, et avec, il s'exerçait à lire. Pour écrire, il utilisait une brindille taillée comme une plume ; n'ayant ni encrier ni encre, il la trempait dans un petit flacon de jus de mûres et de cerises.

Avec son ingéniosité, il parvenait à gagner ce qu'il fallait pour s'occuper de son père affaibli, et il avait même réussi à mettre de côté une quarantaine de sous pour s'acheter un petit costume neuf.

Un matin, il dit à son père :

— Je vais au marché, pour m'acheter une petite veste, un petit bonnet et une paire de chaussures.

Et il sortit de la maison en courant, tout joyeux et réjoui. Tout à coup, il s'entendit appeler par son nom. En se retournant, il vit une belle limace qui sortait de la haie.

— Tu ne me reconnais pas ? dit la Limace.

— Vaguement...

— Tu ne te souviens pas de la Limace qui était camériste chez la Fée aux cheveux bleu outremer ? Tu te rappelles la fois où je suis descendue te donner de la lumière, et où tu avais le pied fiché dans la porte de la maison ?

— Je me souviens de tout ! s'écria Pinocchio. Réponds-moi vite, belle Limacette : où as-tu laissé ma bonne Fée ? Est-ce qu'elle m'a pardonné ? Est-ce qu'elle se souvient de moi ? Est-ce qu'elle m'aime toujours ? Est-elle très loin d'ici ? Puis-je aller la voir ?

À toutes ces questions haletantes et précipitées, la Limace rétorqua avec son flegme habituel :

— Mon Pinocchio ! La pauvre Fée gît au fond d'un lit à l'hôpital !

— À l'hôpital !

— Hélas, oui. Frappée par mille malheurs, elle est tombée gravement malade, et elle n'a plus de quoi s'acheter un quignon de pain.

— Est-ce possible ? Oh, quel immense chagrin tu me fais ! Oh, pauvre Petite Fée ! Pauvre Petite Fée ! Si j'avais un million, je courrais le lui donner... Mais je n'ai que quarante sous... Tiens, prends-les – j'allais justement m'acheter un costume neuf. Prends-les, Limace, et porte-les vite à ma bonne Fée.

— Et ton costume neuf ?

— Je me moque bien du costume neuf ! Va donc, Limace, et fais vite ! Jusqu'à maintenant, j'ai travaillé pour nourrir mon papa ; à partir d'aujourd'hui, je travaillerai pour nourrir aussi ma bonne maman. Adieu, Limace, rendez-vous dans deux jours.

La Limace, contre sa coutume, se mit à courir comme un lézard sous le grand soleil d'août.

Quand Pinocchio rentra à la maison, son papa lui demanda :

— Et ce costume neuf ?

— Je n'ai pas réussi à en trouver un qui m'aille. Patience ! Je l'achèterai une autre fois.

Ce soir-là, Pinocchio veilla jusqu'à minuit

sonné. Au lieu de faire huit paniers de jonc, il en fit seize.

Puis il alla se coucher et s'endormit. Et, dans son sommeil, il crut voir en rêve la Fée, toute belle et souriante, qui, après lui avoir donné un baiser, lui parla ainsi :

— C'est bien, Pinocchio ! Comme tu as bon cœur, je te pardonne toutes les mauvaises actions que tu as faites. Les enfants qui aiment leurs parents et les secourent dans le malheur et la maladie méritent beaucoup de louanges et d'affection, même s'ils ne sont pas des modèles d'obéissance et de bonne conduite. Sois sage à l'avenir, et tu seras heureux.

À ce moment-là, le rêve finit, et Pinocchio se réveilla.

Imaginez donc sa stupeur quand il s'aperçut qu'il était devenu un petit garçon comme les autres. Il jeta un coup d'œil autour de lui, et vit, au lieu des murs en paille de la chaumière, une belle petite chambre meublée et arrangée. Au saut du lit, il trouva tout préparés de beaux vêtements neufs, un bonnet neuf et une paire de bottines en cuir, qui lui allaient à ravir.

Une fois habillé, il mit machinalement les mains dans les poches, et y trouva un petit porte-monnaie en ivoire où étaient inscrits ces mots :

La Fée aux cheveux bleu outremer rend à son cher Pinocchio ses quarante sous, et le remercie beaucoup de son bon cœur. Dans le porte-monnaie, au lieu des quarante sous en cuivre, quarante ducats d'or brillaient, flambant neufs.

Il alla se regarder dans la glace et, au lieu de voir son reflet de marionnette en bois, il découvrit un bel enfant au visage vif et intelligent, avec des cheveux châtains, des yeux bleus, et un air gai et joyeux.

Allant d'une merveille à l'autre, Pinocchio ne savait plus s'il était réellement éveillé ou s'il rêvait les yeux ouverts.

— Et mon papa ? s'écria-t-il soudain.

Il entra dans la pièce voisine, et y trouva le vieux Geppetto en bonne santé, alerte et de bonne humeur, comme autrefois ; il avait repris son ancien métier, et il était en train de sculpter une très belle corniche ornée de feuilles, de fleurs et de petites têtes d'animaux.

— Petit papa, comment s'expliquent tous ces changements inattendus ? demanda Pinocchio en lui sautant au cou et en le couvrant de baisers.

— C'est à toi que revient le mérite de ces changements dans notre maison, dit Geppetto.

— À moi ? Mais pourquoi ?

— Parce que les enfants méchants qui deviennent bons ont le pouvoir de donner un aspect nouveau et riant à la vie de famille.

— Et le vieux Pinocchio en bois, où s'est-il caché ?

— Regarde-le là-bas ! répondit Geppetto.

Et il lui désigna un grand pantin appuyé sur une chaise, la tête penchée d'un côté, les bras ballants, les jambes croisées et repliées à moitié. À se demander par quel miracle il avait pu tenir debout.

Pinocchio, après l'avoir observé un peu, se dit avec une intense satisfaction :

— Comme j'étais ridicule, quand j'étais pantin ! Je suis si content d'être devenu un bon petit garçon !

TABLE

« Pour l'éditeur, le principe est d'utiliser des papiers composés de fibres naturelles, renouvelables, recyclables et fabriquées à partir de bois issus de forêts qui adoptent un système d'aménagement durable. En outre, l'éditeur attend de ses fournisseurs de papier qu'ils s'inscrivent dans une démarche de certification environnementale reconnue. »

Composition PCA - 44400 Rezé

Imprimé en Espagne par BLACK PRINT CPI IBERICA
32.10.286-7/07 - ISBN : 978-2-01-321286-1
Loi n° 49-956 du 16 juillet 1949 sur les publications destinées à la jeunesse
Dépôt légal : octobre 2013